Herzlichst

Elli ah Wising

Christian Wiesinger

Neues Land

Roman

arovell verlag

Christian Wiesinger, Neues Land
Roman. ISBN 9783902808554
Buchnummer g855
arovell verlag gosau salzburg wien 2014
www.arovell.at © arovell verlag

Alle Rechte vorbehalten. Kein Teil des Werks darf in irgendeiner Form (Druck, Fotokopie, Mikrofilm oder in einem anderen Verfahren) ohne schriftliche Genehmigung des Verlags reproduziert oder unter Verwendung elektronischer Systeme verarbeitet, vervielfältigt oder verbreitet werden.

Grafik, Umschlag- und Buchgestaltung, Satz: Paul Jaeg. Autorenfoto: Die Rechte liegen bei der abgebildeten Person. Auslieferung, Bestellung und Verlag arovell@arovell.at Zusendung portofrei (Zahlschein)   www.arovell.at

Die Arovellbücher werden vom Bundesministerium für Unterricht, Kunst und Kultur, von den Landeskulturämtern und von den Gemeinden gefördert.

*Lost and found
is not a surprise.
It is an act.*
Unbekannt

Neues Land

Für die Roma-Kinder in Tomnatic
und die Straßenkinder von Timişoara

Vorwort:

Ich, Emil G., habe diese Erzählform gewählt, um das Geschehene gefühlsmäßig noch einmal zu durchleben und dadurch besser verstehen zu können. Die Erzählung in der Dritten Form hilft mir dabei, den Abstand zu mir zu bewahren.

1. Teil

Schärding und...

Emil G. ist ein gängiger Name. Zumindest der „Nach" nach dem „Vor". Dass sich die Eltern ständig streiten, anschreien und prügeln ist nicht gängig, zwar ungenügend gangbar, aber hoffentlich nicht üblich. In Emils Familie ist es Usus geworden, zu sehr eingeübt bereits. Er hat sich den „Intercity" schon länger ausgeschaut. Er hat sich gesagt: irgendwann reicht es, irgendwann hau ich ab. Der Schnellzug ist die Schnur, die ihn von diesem unsagbaren Ort fortbringen kann. Kann, wird? Mittlerweile prügelt auch die Mama, was hätte sie auch tun sollen, sich totschlagen lassen? Zum Saufen hat sie noch nicht angefangen, zumindest jetzt noch nicht. Heute ist das Fass zum Überlaufen gekommen. Wegen einer Nichtigkeit in Emils Augen, sind sie sich in die Quere gekommen. Mutter hat Vater in die Eier getreten und geschrien: Die brauchst du nicht mehr, mit dir will ich sowieso kein Kind mehr. Daraufhin hat er, sein Vater, aufgeschrien und geheult wie ein angeschossener Kojote.

Emil hat es nicht fassen können, dass sie das zu ihm gesagt hat, dass sie kein Kind mehr wolle, dass sie es überhaupt nach all dem Geschehenen noch in Betracht gezogen hat, mit diesem Mann ein Kind zu bekommen. Wäre Emil nicht dazwischen gegangen, hätte er, sein Vater, seine Mutter erschlagen. Mit dem Sessel ist er auf sie losgestürmt und wollte auf sie einschlagen. Er, Emil, ist dazwischen gesprungen und hat die ganze Wucht abbekommen. Er kann sich an nichts mehr erinnern, nur mehr an das Aufwachen, als sie, seine Eltern, auf dem Bettrand gesessen sind, ganz einträchtig, so, als wäre nie etwas geschehen.

Das ist das sprichwörtliche Fass, hat er zu sich gesagt. Es reicht. Irgendwann werden sie, sein Vater und seine Mutter, ihn, ihren jüngsten Sohn, totschlagen, unabsichtlich zwar, aber davon wird er auch nicht wieder lebendig. Weg von hier. Er hat sich bereits alles zurechtgerichtet. Nicht viel, aber alles das, von dem er glaubt, dass es ihm hilft, um von hier wegzukommen. Er will nach Wien fahren, zu seinem Onkel. Sein Onkel wohnt im 21. Bezirk, in Floridsdorf. Der wird ihn sicher aufnehmen, der wird zwar große Augen machen, aber er wird ihn verstecken vor seinen Eltern. Sein Onkel ist ein gescheiter Mann, er wird ihn sicher gut verstecken. Er unterrichtet an der Universität und er hat eine Freundin, die auch Professorin ist. Da kann nichts schief gehen, sagt sich Emil. In seinem Elefantenrucksack, den er von einem anderen Onkel zum 8. Geburtstag geschenkt bekommen hat, hat er ein Harry-Potter-Buch, einen Teddybären, einen Wecker, seine Malstifte, einen Zeichenblock, einen Pyjama, seinen Lieblingspulli, sein Maskottchen, sein Löwenbabyfingerpüppchen, das er von seiner Tante, der Frau vom Rucksackonkel, geschenkt bekommen hat, sein Adressbuch und sein Rettungspfeifchen eingepackt. Er findet, das ist genug. So weit ist es nicht, sagt er sich. 15 Minuten gehen und 3 Stunden fahren.

Mit seinem älteren und einzigen Bruder, dem Max, hat er seinen Onkel schon einmal in Wien besucht. Der hätte auf ihn aufpassen sollen, hat er zwar nicht getan, aber sie sind trotzdem gut in Wien angekommen. Eigentlich hat er auf ihn überhaupt nicht aufgepasst. Im Speisewagen ist er die ganze Zeit gesessen und hat Bier getrunken. Aus dem wird auch nichts Gescheites, hat seine Mama gesagt, der gerät ganz seinem Vater nach. Emil findet, da habe sie nicht unrecht gehabt. Sich diesen Vorbildern zu entziehen, ist eine Kunst, die daheim zum Scheitern verurteilt ist. Es bleibt fast nur der Gang, der Weggang.

Unweit von seinem Zuhause fließt der Inn. Eine Menge Geäst und Blätterwerk schwimmt zurzeit darin. Immer wieder tritt er aus den Ufern. Vor gar nicht so langer Zeit wurde ihm sein Bett wieder zu eng. Jetzt fließt er ruhig dahin, fast zu ruhig, findet Emil. Sein Zuhause, was man hinlänglich so nennt, ist nicht mehr im Blickfeld, hinter der Biegung ist es verschwunden. Ein „Weltwunder", die Pyramide, hat er bereits hinter sich gelassen und ist in die Innauen eingetaucht. Zuerst wurden die „Weltwunder", die sie, die Kulturmacher, in Schärding platziert hatten, mit Argwohn beäugt, mittlerweile werden sie mit wohlwollender Gewohnheitsmiene betrachtet. Zuhause ist dort, wo man sich wohl fühlt und bleiben will, insofern ist es für Emil schon lange kein Zuhause mehr, eher ein Heim, wo man halt bleibt, weil es keine Alternative gibt.

Es ist nicht immer so gewesen, es war nicht besonders harmonisch, aber auch nicht viel anders, als bei den anderen Mitmenschen oder bei den Nachbarn. Seine Eltern hatten sich ganz gut vertragen, Auseinandersetzungen entglitten hin und wieder verbal, aber handgreiflich waren sie nie geworden. Seine Mutter war die meiste Zeit zuhause, hin und wieder ist sie putzen gegangen, wenn das Geld knapp zu werden begann. Aber eigentlich war sie lieber zuhause und hatte für alle gesorgt. Mit der Kündigung seines Vaters fing das ganze Unheil an. Es ging rapide bergab. Die Kündigung hatte seinen Selbstwert mitgerissen. Zuerst hatte er es niemandem erzählt. Weder seiner Familie noch seinen Freunden. Er ging zur Arbeit und tat so, als sei alles zum Besten bestellt. Im Wirtshaus hatte er dann die Zeit totgeschlagen und zu trinken begonnen. Der Rausschmiss aus der Firma hatte ihn total aus der Bahn geworfen, er hatte auch nicht nach einer Alternative gesucht. Er war nicht fähig zu unterscheiden. Eigentlich hatte er nur einen Job verloren. Schweißer wurden auch anderswo gebraucht. Aber er war nicht in der Lage, so zu denken, er war als ganzer Hermann G. abserviert worden, unbrauchbar für diese Welt. Max, sein älterer Sohn, hatte dem Vater auch immer wieder gut zugeredet. Das konnte er gut, obwohl er ansonsten eine ziemliche Niete ist, findet Emil. Wir finden schon wieder einen Job für dich, ich suche auch für dich, hatte er gesagt. Magda, Hermanns Frau, war ziemlich ratlos, gerade sie, hätte ihn eventuell noch aufrichten können, was aber auch bezweifelt werden musste. Die Diagnose hätte eigentlich unheilbares Selbstmitleid heißen müssen, die Psychiaterin hatte es Depression genannt. Schließlich war es so, dass er sich von niemandem helfen ließ und auch nicht in der Lage war, Hilfe anzunehmen.

Er hatte die Hilfe dort gesucht, wo sie nicht zu finden war: in der Kneipe, im Alkohol, im Suff. Immer öfters kam er betrunken nach Hause, anfangs hatte er sich noch zurückgehalten, mit der Zeit fiel die Hemmschwelle merklich herunter, es dauerte nicht mehr lange, und die ersten Handgreiflichkeiten folgten. Emil fand, dass sich sein Vater in dieser Zeit sehr veränderte. Nicht nur äußerlich, sondern auch in seiner Art. Was er noch nicht wusste: Übermäßiger Alkoholgenuss wirkt sich massiv auf die Hirnstruktur aus und verändert das Wesen eines Menschen. Emil lag mit seiner Beobachtung hundertprozentig richtig. Das Verhalten seines Vaters spiegelte sich besonders in seinem Bruder wider. Wie um seinen Vater zu imitieren, schrie er aus heiterem Himmel ihn und seine Mutter an, gab ihnen die übelsten Schimpfnamen und schmiss Sessel um. Emil war nicht dahinter gekommen, warum er das tat, wahrscheinlich wusste sein Bruder es auch nicht.

Zwei entwurzelte, kräftige Weiden liegen im Inn. Zum Flussufer hin wird es sandig. Der Wasserspiegel ist ziemlich niedrig. Das Wasser plätschert in leichter Unebenheit seinem Ziel, das Donau heißt, entgegen. 15 Kilometer weiter wird es, zumindest dem Namen nach, nicht mehr sein. Folgerichtig ist es nun auch sein Weg. Er klettert auf die Weide, die etwas weiter aus dem Wasser herausragt. Beide Weidenstämme sind zwar geknickt, aber noch weit davon entfernt, abzubrechen und sich dem Gewässer vollends auszuliefern. Emil knickt einen dünnen Weidenast ab und wirft ihn ins Wasser, sieht ihm lange nach, solange, bis er aus seinem Blickfeld verschwindet.

Sein Bruder hat dann ziemlich schnell das Feld geräumt, ist in eine Wohngemeinschaft gezogen, auch in Schärding, nicht weit entfernt, aber doch so weit, dass er fast nie vorbeigekommen ist. Emil findet, dass er sich aus dem Staub gemacht hat. Er hatte ihn einmal besucht, ist sich dabei vorgekommen wie zu Hause. Bierflaschen waren herumgestanden, Aschenbecher mit Unmengen an Zigarettenkippen und Unrat, den niemand entsorgen wollte. Gestunken hatte es entsetzlich. Unweigerlich musste er das Fenster öffnen, daran konnte er sich noch am besten erinnern. An das andere will er sich eigentlich nicht erinnern. An die dreckigen Unterhosen, Socken, die überall herumlagen. Zuhause hatte seine Mutter immer nach dem Rechten gesehen, hier war keine ordnende Frauenhand, das hatte Emil sogleich erkannt. Die einzigen Frauen in der Wohngemeinschaft waren Frauen mit Riesenbrüsten, die ihn von Postern herab anstarrten. Er kann sich noch gut daran erinnern, dass er es zwar nicht wollte, aber dass er seinen Blick nicht von einem Poster abwenden konnte. Nicht, dass es ihm gefallen hätte, aber er war doch ein Junge, dem die Anziehungskraft des Weiblichen nicht entging. Doch es war ihm sogleich wieder vergangen, als ihm ein Mitbewohner jenes Poster vor die Nase hielt und meinte: Die möchte ich einmal pudern. Es war nicht schwer für ihn gewesen, rasch wieder zu gehen, einladend war es nicht. Er hatte sich gefragt, ob sein Bruder schwul sei, zumindest hatte er ihn nie mit einer Frau gesehen und außerdem wohnte er mit zwei Männern zusammen. Nackte Frauenbilder wären noch lange kein Indiz, dass es andersherum sei.

Zuhause hätte es auch so ausgesehen, hätte seine Mutter nicht Ordnung gehalten. Mit dem Überhandnehmen der Trunksucht seines Vaters ging fast nahtlos die Verwahrlosung einher. Anfangs nicht, dann aber immer rapider. Emil ist damit überhaupt nicht klargekommen. Er hat immer auf den Moment gewartet, dass sein Vater nach Hause kommt und diesem Spuk ein Ende bereitet, aber je länger er darauf gewartet hat, desto trauriger ist er geworden, weil es nicht so gekommen ist. Zu ihm ist er auch ziemlich nett gewesen, hat sich zu ihm gesetzt, wenn er seine Hausaufgaben gemacht hat, hat mit ihm gespielt und hat ihn, zum Leidwesen seiner Mutter, mit ins Wirtshaus genommen. Seine Mutter hat am Anfang alles ruhig hingenommen, hat sich in Ergebenheit geübt und gemeint, damit das schwankende Schiff wieder ins Lot zu bringen, ist den Konfrontationen förmlich aus dem Weg gegangen, um des scheinbaren Friedens willen. Das ist nicht lange gut gegangen. Sein Vater hat die Konfrontationen regelrecht heraufbeschworen und wurde immer unausstehlicher, je weniger seine Mutter darauf einging. Eigentlich war sie in einem Kreis gefangen, aus dem es kein Entrinnen gab. Anfangs konnten sie sich noch mit Sex über die Runden retten, mit der Zeit half das aber auch nichts mehr, da sein Vater oft „keinen mehr hochbekam". Einmal schlug er sie deswegen sogar, machte sie dafür verantwortlich, weil er zu keiner Erektion fähig war. Stockbesoffen, mit heruntergezogener Hose, war er in der Wohnung herumgelaufen und hatte sie angeschrien: Schau her, was du aus mir gemacht hast, ich bin doch kein Mann mehr.

Das Phänomen „Alkohol" zog immer weitere Kreise, bis es auch Emil erreichte, denn Emil fühlte sich bemüßigt, seiner Mutter beizustehen, was seinen Vater immer wieder in Rage versetzte.

In der Schule hatte er gelernt: Der Inn entspringt im Schweizer Engadin in 2484m Höhe aus dem Lunghinsee. Irgendwie ist ihm das nie recht gewesen, dass sich der Inn in die Donau ausschwemmt. Er hatte gefunden, dass es das Recht des Inns wäre, seinen Namen beizubehalten. Er hatte geglaubt, dass der Inn bis zur Einmündung in die Donau schon eine größere Strecke zurückgelegt hätte, musste aber einsehen, dass er sich getäuscht hatte. Zumindest erschien er ihm flexibler als die Donau, hatte schon mehrere Länder durchquert und plätscherte nicht so fad mit durchwegs gleich bleibendem Wasserstand dahin. Bei einem Schulausflug in die Stadt Passau war ihm zu seiner Genugtuung aufgefallen, dass das grüne Wasser des Inns bei der Einmündung in die Donau die Oberhand gewann. Es verdrängte augenscheinlich das Wasser der Donau, was aber auch mit dem hohen Wasserspiegel des Inns zusammenhängen konnte. Es lag außergewöhnlich viel Schnee auf den Bergen und folglich führte um diese Zeit, im späten Frühjahr, auch der Inn eine größere Wassermenge. Für mich bleibst du der Inn bis zum Schwarzen Meer, sagte er voller Zufriedenheit.

Alkoholumstandsvater.
Je nach Abfüllmenge war die Lage zu beurteilen. Hatte er zuviel konsumiert, war es besser, ihm nicht zu nahe zu kommen. In den Anfangszeiten des Alkoholkonsums hatte er sich noch halbwegs im Griff. Später, nicht sehr viel später, es ging sehr schnell bergab, ging es mit der Toleranzgrenze unausweichlich auf den Nullpunkt zu. Es genügte ein Wort, das ihm nicht in den Kram passte und schon musste man aufpassen, nicht eine Ohrfeige abzubekommen. Mit der Zeit wichen ihm alle aus, was den gegenteiligen Effekt nach sich zog. Je mehr sich alle von ihm zurückzogen, desto herrschsüchtiger wurde er, je mehr er gemieden wurde, desto mehr heischte er um Anerkennung. Kaum war er im Raum, war nur mehr er da. Die anderen waren nicht mehr präsent. Teils aus Angst, teils, weil er soviel Platz einnahm.

Hin und wieder, zwar selten, aber doch, zeigte sich sein Vater von einer gänzlich anderen Seite. Da ist er dann richtig ausgelassen gewesen. Hat mit der Mutter geschäkert, hat gesagt, das wird schon wieder, hat gesagt: Lass alles liegen und stehen, wir machen einen Ausflug. Dann sind sie zum Attersee gefahren, nach Seewalchen am Attersee, dorthin, wo es den 10 Meter Sprungturm gibt. Sein Vater ist dann mit ihm die Eisentreppe polternd hinaufgelaufen bis auf die oberste Rampe und hat geschrien: Komm, jetzt springen wir hinunter, Vater und Sohn, hat ihn bei der Hand geschnappt und kaum, dass es ihm zu Bewusstsein gekommen ist, sind sie schon auf dem Wasser aufgeschlagen. Wie ein Besessener ist er ihm dann vorgekommen, wie einer, der seine wenigen Stunden der Nüchternheit ausnutzen wollte, um all das Versäumte nachzuholen. Seine Mutter ist am Rand gestanden, ganz bang ist ihr geworden, gar nicht hinsehen hat sie können, ungläubig hat sie ihn dann angestarrt, als er wieder auftauchte. So ist es dann weitergegangen. Sein Vater hat die Zeit im wahrsten Sinne des Wortes ausgekostet, hat die Minuten verlängert. Er hat zwar auch das Tempo bestimmt, aber es war ihnen, Sohn und Frau und

Mutter egal, sie waren glücklich mit ihrem alten Vater und Mann, mit ihrem rückwärts gespulten Vater und Mann. Im Innersten und in der Gewissheit war die Hoffnung schon längst der Realität gewichen, dass es nicht so bleiben würde. Zwei Gesichter hatte sein Vater, wobei die hässliche Fratze immer mehr die Oberhand gewann. Gottes Kraft schien immer mehr zu schwinden, sich zu verabschieden. So ist es dann auch gewesen. Bei der Rückfahrt mussten sie bereits in Lenzing stehen bleiben. Sein Vater ist hinausgesprungen, ist in das erstbeste Geschäft gelaufen und hat sich eine Kiste Bier und eine Flasche Wein gekauft. Bereits in Vöcklabruck sind zwei Flaschen leer gewesen. Emil konservierte dann auf dem Rücksitz kauernd seinen Sprungturmvater.

Nachdem Emil die Innauen hinter sich gelassen hat, setzt er seine vagen Schritte auf die Innpromenade. Die Innpromenade hat nichts von ihrer Anziehungskraft verloren. Durch die Grenzöffnungen ist es zu einer regelrechten Völkerwanderung gekommen. Auch heute ist es nicht anders. Emil vernimmt unzählige Dialekte, die er nicht zuordnen kann.

Je weiter sich die EU, die angedachten Möglichkeiten und zu guter Letzt der Wohlstand weitet, umso bunter wird das Bild der Lebendigkeit, ganz zu schweigen von den Möglichkeiten, die noch lange nicht gesehen werden. Nun wird es als eine Selbstverständlichkeit angesehen, so ohne weiteres, die Brücke nach Neuhaus am Inn überqueren zu können, keiner Kontrolle unterzogen zu werden. Als geschichtsloser Alltagsrealismus wird es von den Menschen wahrgenommen, der ausnahmslos existiert. Man geht zu Fuß, man fährt hin und her zwischen den Ländern, wie es einem gefällt, auch mehrmals am Tag und verliert keinen Gedanken an Niemandsland. Die Länder gehören uns, sagen sich die Menschen und so Unrecht haben sie nicht.

Unzählige Mal hat Emil die Brücke überquert. Nun verliert er keinen langen Blick auf das Gegenüber. Sein Blick fährt stattdessen hoch zu der Taubenkolonie, die sich unter der Brücke eingenistet hat. Unmengen an Kot liegen zwischen den Stahlträgern und den Pfeilern. Sein Weg führt ihn stromabwärts. Sein entschlossener Schritt lässt das nächste platzierte Weltwunder, den Koloss von Rhodos, links liegen. Irgendwie kommen ihm die nachgebauten Weltwunder hier in der Barockstadt deplatziert vor. Wird sich schon jemand etwas dabei gedacht haben, denkt er. Die Autobahnbrücke bauscht sich vor ihm auf, winkt den Inn und ihn fort zu einem Strom, der weit hinausblickt, in Gefilde, die seinem Horizont fremd sind.

Häufig sind sie hier gewesen, am Inn. An einem Fluss zu wohnen, war für sie ein Privileg, das sie kostenlos in Empfang nehmen konnten, so oft sie wollten. Es trat auch bei ihnen eine Alltagsgewöhnung ein, doch wenn die Zeit es erlaubte, gingen sie an den Fluss, setzten sich ans Ufer und ließen die Seele baumeln. Vater erzählte dann meistens hinreißende Geschichten, die er immer etwas übertrieben ausschmückte. Die Schwäne reckten ihre Hälse entgegen und wurden von ihnen fürstlich belohnt. Brot hatten sie stets dabei. Doch nicht nur die Schwäne sagten sich an, auch Möwen, Graupelenten, Stockenten und Tauben kamen herbei, so, als würde sich ein Lauffeuer verbreiten. Als würde eine einen Schwänzeltanz veranstalten, in der Art der Bienen. Sie unterhielten sich auch mit den Tieren, hatten Mords Spaß dabei und erfreuten sich am ausklingenden Tag.

Doch immer häufiger zog ein Schatten über sie hinweg, eine bislang ungekannte Seite des Vaters, eine unbarmherzige, eine, die Emil erstarren ließ. So mir nichts, dir nichts beschimpfte der Vater ihn, Anlass los, und hätte es einen Anlass gegeben, wäre es auch nicht erträglicher gewesen, nur leichter einzuordnen. Ohne auf Spaziergänger Rücksicht zu nehmen, schrie er ihn an, nannte er ihn einen Nichtsnutz, einen, der an Mutters Schoß hing und sich gegen ihn verschworen hatte. Meist endete es damit, dass er Reißaus nahm, nach Hause lief, sich im Hausflur, unter der Treppe sammelte, so gut es eben ging, um dann in die Wohnung einzutreten, und zu sagen, er wäre schon vorausgelaufen. Mutter wusste genau, was geschehen war, da brauchte er ihr nichts vorzumachen, sie wollte es nur nicht wahrhaben und fragte, ob sie es nett miteinander gehabt hätten.

Emil kommt es so vor, als glotzen ihn alle an. Er wagt es nicht, seinen Blick zu wenden. Wahrscheinlich ist es sein schlechtes Gewissen, das es ihm so vermittelt, der Mahner, der die Richtschnur vorgibt. Zur rechten Zeit ein hilfreicher Gefährte, nun ein Klotz am Bein. In seiner

Jeansjacke hat er alles das eingesteckt, was man zum Überleben braucht. Zivilisationsproviant. Geld, E-card, Handy und dazugehörige Wertkarten, Ausweis und einen Brief, den vorgeblich seine Mutter an den Bruder in Wien geschrieben hatte. Dazu hatte er sich ziemlich viel Zeit genommen, um diesen Brief zu schreiben. Die Schrift seiner Mutter zu kopieren, war ihm nicht so leicht von der Hand gegangen. Zuerst tauchten Skrupel auf, unaufhörlich. Erst mit dem Beginn des Fälschens legten sie sich, um dann gänzlich zu verschwinden. Es gelang ihm nicht auf Anhieb, die Schrift seiner Mutter nachzuahmen. Die Buchstaben waren wie gesetzt, unwirklich, so als gelte es, jede Silbe für die Ewigkeit aufzubewahren. „Schnörkellose Schönschrift in Perfektion" könnte es annähernd beschreiben. Sich von jemandem die Schrift anzueignen ist fast so, als werde man diese Person, schlüpfe in ihr Inneres. Nicht, dass er so gedacht hätte, aber er spürte, dass er Mutters Leben besser verstehen lernen konnte. Die rätselhaften Eltern zu entziffern.

„Du wirst noch ein richtig fleißiger Schüler", hat seine Mutter zu ihm gesagt. Unter seinem Mathematikheft ist das Fälschermaterial gelegen, davon hat seine Mutter nichts geahnt. Manchmal ist es ihm vorgekommen, als ahnte sie von nichts etwas, als ginge das Leben, was man hinlänglich so nennt, spurlos an ihr vorüber. Einfältig kam sie ihm vor, einfältig und vertrauend auf eine später widerfahrende Gerechtigkeit. Nächte hatte er dafür aufgewendet, um die Schrift zu fälschen, er wollte absolut sicher gehen. Der Brief, der an seinen Onkel gerichtet war, durfte keinen Anflug von Fragwürdigkeit hinterlassen, musste jeder Kontrolle standhalten. Was er spürte instinktiv, war der wundeste Punkt, dem sich kein Mensch entziehen konnte, das schlechte Gewissen, das sich so nennt und benannt wird. Als er dahingeht auf der Promenade, Schritt für Schritt, ist er sich sicher, dass jeder um sein Geheimnis weiß, dass es ihm alle ansehen und er ist sich dessen auch gewiss, dass es während der ganzen Reise bis nach Wien so sein wird, alle Fahrgäste werden es an seinem Gesicht ablesen und ihn eventuell darauf ansprechen. Ein Schwan begleitet ihn an seiner Seite, ein zweiter gesellt sich dazu, unschuldsweiß. Wenn einem dieser ewig gebotene Mahner einmal im Nacken sitzt, ist er von dort nicht mehr wegzubringen.

Emil steckt sich die Stöpsel in die Ohren. Musik hilft immer. Bringt Ordnung ins Leben. Herr Hinkebein, Frau Sauseschritt, Frau Gehtsehrschwer, Herr Dackelfreund ziehen fast unbemerkt vorüber. Erst beim Einbiegen in die Straße, die geradewegs zum Bahnhof führt, merkt er, dass er wieder alleine ist, dass ihm sogar das Innschiff, das vor Anker liegt, nicht aufgefallen ist.

Es ist der allerletzte Ausflug gewesen, den er mit seinen Eltern gemacht hat. Es war noch mit dem Holzschiff gewesen. Sie fuhren mit dem Schiff bis nach Wernstein. Der Kapitän war in sprachlicher Hochform, schmetterte einen Witz nach dem anderen in das Mikrofon. Sie saßen auf dem Oberdeck. Eine Gruppe Deutscher schaukelte ausgelassen, wollte es nicht mehr sein lassen. Mutter lehnte an Vater, wie in guten alten Zeiten. Zwischen ihnen waren nie viele Worte. Urplötzlich schrie ein deutscher Gast zu ihnen herüber: „Komm, trink mit uns!" Mutter sagte, er solle doch bei ihnen bleiben, doch Vater ging zu der johlenden Gruppe hinüber und betrank sich und kam nicht mehr zurück. Nach einiger Zeit gingen Emil und die Mutter unter

Deck. Mutter versuchte die Tränen zu unterdrücken, was ihr aber nur mangelhaft gelang. Emil konnte es nicht schnell genug gehen, bis sie wieder in Schärding eintrafen, verfluchte die Strömung, die das Schiff nur langsam dem angepeilten Ziel näherbrachte. Die Volksdroge hatte wieder einmal zugeschlagen, die tabuisierte. Nein, so war es auch wieder zu einfach, den äußeren Umständen die Schuld zu geben, der innere Schweinehund musste immer wieder aufs Neue besiegt werden. Von diesem Ausflug blieb ihm nicht mehr viel in Erinnerung. Schlagende Türen, Geschrei, fallende Gläser, schluchzende Mutter und eine Bettdecke, die zu durchlässig war.

Erste Zweifel kommen ihm. Je näher er dem Bahnhof kommt, desto lauter werden sie. 25 Minuten verbleiben noch, er kann es sich noch überlegen, beruhigt er sich, es wird zwar Schläge hageln, aber das ist zu verschmerzen. Mutter tut ihm leid, sie altert in Windeseile, sie kommt ihm 20 Jahre älter vor als Tante Elisabeth, obwohl diese in Wirklichkeit zwei Jahre älter ist. Sorgen sind einfach nicht zu übersehen, brennen sich unbarmherzig in den Körper, verbleiben als Mal, als Mahnmal? Ja nicht daran denken, was er verliert, Gedanken verscheuchen, nicht zurückblicken, geradeaus gehen! Wie das schaffen, wie die Mutter verbannen, wie den Vater vergessen, wie die Familie sein lassen?

Mutter ist immer unterschätzt worden, ein Gedanke, den er dankbar aufnimmt. Mutter ist ein Patchworkkind gewesen und bis heute geblieben, von stiller, zartbesaiteter Natur. Hat sein Vater sie deswegen ausgesucht, oder umgekehrt? Sie ist immer übersehen worden, belächelt. Manche verkaufen sich zu weit unter ihrem Niveau, viel zu weit. Eines Abends ist sie zu Emil ins Zimmer gekommen, hat ihn gefragt, was er tue. Er hat gesagt, dass sie in der Schule über das Auge gesprochen hätten und er jetzt nachschauen wollte, ob er im „Web" etwas darüber finden könnte. Daraufhin hat sie gesagt, dass das mit dem Auge fantastisch sei, zuerst sehe man nur hell und dunkel und dann erst allmählich, lerne man die Farben zu sehen. Ganz verdutzt hat er sie angesehen, seine Mutter hatte nicht oft so mit ihm gesprochen und dann, hat sie gesagt, ist es nicht das Auge, das sehen lernt, streng genommen, sondern das Gehirn und erst, wenn das Gehirn so weit sei, dann könne auch das Auge sehen und erkennen. Er hat dann gesagt, dass er von nun an nicht mehr im Internet nachzusehen bräuchte, sondern sie fragen würde.

Dieser Gedanke ist aber auch nicht hilfreich, um nicht umzukehren, sondern macht es noch schwerer. Der nächste Gedanke folgt sogleich: Wenn das so ist, dann erklärt das doch einigermaßen den jetzigen Zustand seines Vaters. Da der Alkohol Gehirnsubstanz zerstört und verändert, wirkt sich das auf andere Teile im Körper aus. Es erklärt auch, wieso sein Vater manche Worte nicht mehr findet. Mit der Entfernung von der Wohnung wird ihm einiges bewusst, die Nähe ist wie ein Brett vorm Kopf, erst die Distanz spiegelt etwas von Wirklichkeit.

In Gedanken hat er sich verlaufen, ist bis zur Prammündung gegangen. Er blickt auf die Uhr, die er vom Rucksackonkel geschenkt bekommen hat. Die Uhr mit dem großen Ziffernblatt. Die allestückespielende Uhr. Ablenkungsuhr. Es ist noch Zeit, er will den Bahnhof so erreichen, dass er keine Zeit zum Nachdenken findet, keine Zeit, um sich zu überlegen zurückzukehren. Den Fahrschein drucken, den Bahnsteig betreten und den Windstoß des herbeieilenden Zuges auffangen, nicht mehr und nicht weniger und einsteigen.

In der Schule hat er gelernt: Die Pram entspringt südlich von Haag am Hausruck und mündet bei Schärding in den Inn. Der Fluss hat eine Länge von 56 km und fließt in nördlicher Richtung, dabei passiert er unter anderem die Gemeinden Zell, Riedau, Taufkirchen und Andorf.

Denkt sich ein Ursprung, dass er so endet? Was will er bezwecken? Sollte er nichts wollen, wäre seine Geburt umsonst. Jedem Ursprung ist seine Auflösung gewiss und auch sein Weiterleben, sein Seelendasein. Es ist ihm bewusst, dass nichts so bleibt wie es ist, dass alles sich verändert und, dass es so gut ist. Die Mündung in die neue Heimat zeigt es, ob es sich gelohnt hat, das Dasein. Die Auflösung im Neuen zeigt es.

Das Handy läutet, Emil erschrickt. Es ist sein Bruder, besoffen.
„Wo steckst du?"
Emil fährt der Schreck in alle Glieder, er fühlt sich ertappt, es ist ihm, als stünde seine ganze Familie neben ihm samt Suchhunden, es fehlt

nur mehr ein Scheinwerfer, der durchs Dickicht bohrt.

„Wo steckst du, Papa ist total außer sich."

Papa? Wieso sagt sein älterer Bruder Papa? Es irritiert ihn. Niedlicher, besoffener Papa, nicht zum Aushalten. Manchmal gebärdet er sich wie ein kleines Kind. Wenn er stockbesoffen ist, dann legt er sich in Mamas Schoss und weint wie ein Schlosshund vor lauter Selbstmitleid, Selbstmitleidspapa. Emil fällt nichts ein, nicht, dass er nicht lügen könnte, aber sein Mund ist wie verschlossen. Er drückt die rote Taste. Kurz darauf: „He, du Idiot, was ist mit dir los."

Emil hätte große Lust, das Handy in den Fluss zu werfen. Er stottert ins Handy: „Ich bin auf dem Fußballplatz."

„Ach, was du nicht sagst, auf dem Fußballplatz?"

„Wir spielen noch etwas und dann komme ich nach Hause."

„Mir ist es egal, wenn du mich belügst, aber der Alte, der wird dir Beine machen." „Alter" gefällt Emil besser, alter, greiser Papa, so kommt er ihm manchmal vor, obwohl er noch im besten Mannesalter ist, was sind schon 42 Jahre? Damit ist auch schon wieder alles gesagt, hat sein Gewissen rein gemacht, sein Bruder, sein Nichtvorbildbruder, Schicksalbruder, ist halt so mit der Familienbande.

Emil läuft in Richtung Bahnhof, es gibt kein Zurück mehr, die einbrechende Dunkelheit ist ein zarter Schutz. Frauen und Männer mit Einkaufssäckchen zwängen sich an ihm vorbei. Der Friedhof ist ein kurzer Wegbegleiter. Der Kreisverkehr lädt ihn nicht zur Umkehr ein. Ein letzter Gedankenflug gibt ihm eine Brise Sicherheit. Versprochen hat er ihm, sein Vater, dass sie sich ein Fußballspiel in der Bundesliga anschauen, aber versprechen und halten ist zweierlei. Versprechen und daran glauben hat sich mittlerweile in Utopie aufgelöst. Emil war froh, mit seinem Vater irgendwohin zu gehen, so hat er sich auch mit einem Regionalligaspiel zufrieden gegeben. Schärding spielte gegen Suben. Es endete 2:2, hat er erfahren, bis zum Ende hat er es nicht gesehen, dafür hat sein Vater gesorgt. Eigentlich ist es ihm zuwider, daran zu denken, wie sein Vater aufs Spielfeld gelaufen war, wie er dem Schiedsrichter das Bier über den Kopf geleert hatte, wie ihn die Ordnungskräfte abgeführt hatten, wie er sich davongestohlen und geschämt hatte, vor den Blicken, die auf seinem Rücken lagen.

Dabei hatte alles so gut angefangen. Die Sonne zeigte sich zeitig am Morgen und nahm auch bis zum Abend nicht mehr Abschied. Vater hatte sich hübsch gemacht, in Schale geworfen.
Seine Mutter hatte noch gesagt: „Na, geht ihr etwa auf einen Ball."
„Ja, sicher, auf den Opernball", hatte sein Vater gescherzt.
Emil hatte sich beim Vater eingehängt. Es waren nur wenige Gehminuten bis zum Stadion. Sein Vater war gut gelaunt. Er sagte, er habe einen Job in Aussicht, er werde morgen zum AMS gehen, es schaue gut aus, hatte er gesagt. Er hatte sogar Witze gemacht, grüßte die Vorbeikommenden und zeigte eine liebliche Laune, die Emil schon lange nicht mehr an ihm bemerkt hatte. Er war glücklich gewesen, schon lange nicht mehr war er so glücklich gewesen. Er hatte seinen Vater ganz für sich alleine. Auf der Osttribüne saßen sie. Die Spieler mühten sich redlich ab, liefen sich die Füße wund, doch häufig tat der Ball nicht das, was die Beine wollten. Dann half nur mehr ein Foulspiel. Vater war ganz Patriot. Er half zum SK Schärding. Der

Vater versorgte seinen Sohn mit reichlich Proviant, trank selbst ein Bier nach dem anderen und merkte nicht, wie seine Stimmung ins Destruktive absackte. Emil fiel das schon auf und er sagte auch öfters, wahrscheinlich in Vorahnung und auch aus Angst, dass der Vater sich nicht aufregen solle, es sei doch nur ein Spiel. Seine Ausdrucksweise wurde immer derber, dabei unterschied er sich nicht von den anderen Gästen, die immer wieder Derbheiten aufs Spielfeld schrieen. Doch sein Vater hatte mittlerweile eine beträchtliche Menge an Alkohol zu sich genommen.

Einmal packte er den Sohn und schrie ihn an: „Schau, welchen Scheiß der pfeift, den kauf ich mir."

„Aber, Papa!"

Genauso gut hätte er zu einer Puppe sprechen können, sein Vater war längst schon abgedriftet in seine Bestätigungswelt, die ab einem gewissen Alkoholpegel für niemanden mehr zugänglich war. Und dann kam die besagte 62. Minute, die ihn bestätigt, den Schritt nach vorne zu richten und nicht nach rückwärts zu blicken.

Nun, da er den Bahnhof erreicht hat, ist er sich sicher, ganz sicher, den richtigen Schritt getan zu haben, den richtigen Schritt nun zu tun, einzusteigen und Schärding den Rücken zu kehren. Schärding, dem Inn, den Schwänen, seinem Lieblingsplatz, der Familie. Der ICE bewegt sich schwerfällig, nimmt erst allmählich Fahrt auf. Er sitzt alleine in einem Abteil, ihm ist es so am angenehmsten, nur ja nicht allzu viel konfrontiert werden, nur nicht allzu viel der Fragen, die sein könnten, er mag gar nicht daran denken, was er sich alles an Ausreden ausgedacht hat, am liebsten wäre es ihm, er müsste nicht davon Gebrauch machen.

Als er weggegangen ist, sind sie, sein Vater und seine Mutter, beisammen gelegen. Er hat seinen Augen nicht getraut. Wie in stiller Eintracht. Zuerst hat er sie verprügelt und dann hat sie es wieder gutzumachen versucht, in dem sie sich hingegeben hat. Er kann es nicht glauben, meint aber, sich nicht zu irren, denn die Hose von seinem Vater ist aufgeknöpft gewesen.
In Bewegung sein und nicht stillstehen und doch innehalten ist das Gebot der Zeit, ist es schon immer gewesen. Im beweglichen eigenen Rhythmus. Wie sich selbst finden, ohne sich zu verlieren? Das Dämmerlicht zeichnet eine un-

scharfe Geste ins Nirgendwo. Das Jetzt kann nur existieren, da es das Gestern gekannt und das Morgen erwartet. In Neumarkt/Kallham, einem Ort im Hausruck taucht der Zug ein in die Dunkelheit, gleitet ruhig und rhythmisch seinem Ziel entgegen. Emil hat vergessen, sich mit Essbarem einzudecken. Sein Magen knurrt. Hunger zu verspüren, kann er schlecht aushalten, sobald sich das Gefühl rührt, will es gestillt werden. Er hat gelernt, eine Menge zu ertragen, aber das Gefühl von Hunger bereitet ihm Unbehagen, macht ihm Angst. Er ist auch sehr dünn, braucht nicht viel um satt zu werden, eine geringe Schwankungsbreite vom Hungrigsein zum Sattwerden ist eine Eigenart, die zu ihm gehört.

Ist es für einen Landmenschen so viel anders in der Stadt zu leben? Es bedürfte all derer, die jemals diesen Schritt getan haben, um sich ein umfassendes Bild zu machen. Emil kennt es nur vom Hörensagen.
Hier, am Land, wird das Landleben ungesund idealisiert, nicht, dass es ungesund wäre, einem Ideal nachzuhängen, doch welches wählt man, welches setzt der Schöpfung die Krone auf. Ist es die gesunde Landluft, die man hin und wieder

verspürt, die sich zwischen durchkreuzenden Landschaftsasphalten hindurchzwängt? Sind es die Tiere, die ab und zu ins Freie dürfen und herumhüpfend, wie toll, dem Zuschauenden, ein staunendes Grinsen entlocken? Sind es die immer wiederkehrenden Rituale, die so etwas wie Sicherheit im Alltag schaffen, um ihn möglichst unbeschadet zu überstehen? Sind es die sonntäglichen Gewissheiten, die von der Kanzel herabgepredigt werden? Sind es die ausufernden Durchhalteparolen, die die Gemeindediener landauf, landab hinausrufen? Sind es die Politiker, die sich ins Land hinablassen, wahltauglichst, die Slogans ins Volk werfen? Sind es die Arbeitsplätze, die immer eintöniger werden? Sind es die Menschen, die auch auf zwei Füßen stehen und genauso, wie überall auf der Welt, wanken? Ist es die Gewohnheit? Ist es die Gewöhnlichkeit, die ihren angestammten Platz besitzt?

Doch das Alleinsein hat rasch ein Ende. Die Türe des Abteils wird aufgerissen.
„Ist hier noch frei?"

Emil nickt. Er sieht sich einem ulkig aussehenden Mann gegenüber, nicht gewahr, dass sich dessen Beruf in seinem Gesicht festgesetzt hatte, oder war es umgekehrt? Alfons war von Berufs wegen Cliniclown geworden, nicht, weil er so ein lustiges Gemüt hatte oder weil ihm der Schalk im Nacken saß, sondern aus Trotz - den Umständen entgegen, die es nicht gut mit ihm gemeint hatten. Das Gesicht von Alfons erinnert Emil sofort an die Clowns, die er in der Zirkusmanege schon so häufig bewundert hat. Halbglatze, links und rechts eingegrenzt von einem Haarkranz, der sich am Hinterkopf wieder zu einem Ganzen vereint. Mittelgroße, traurige, fragende Augen. Diese traurigen Augen hatten Emil schon immer verwirrt, auch jetzt, da sie ihn ganz nahe anstarren, formen sie ein Fragezeichen in seinem Kopf.

Emil hat aber überhaupt keine Lust, sich auf sein Gegenüber einzulassen, er will in Ruhe gelassen werden, will dem Zielbahnhof entgegenträumen. Doch von Ruhe kann keine Rede sein. Er ist so aufgeregt, als wäre ein Dutzend Polizisten hinter ihm her. Das konnte niemandem entgehen.

Ein unbesetzter Bahnhof zischt vorbei. Die Finsternis legt sich allmählich zahm ins Land. Es beruhigt ihn ein wenig. Noch wäre Zeit umzukehren, es sein zu lassen, was sollte sich auch ändern in Wien. Sein Onkel würde ihn sogleich wieder zurückschicken. Diese Vielzahl an Gedanken drängen sich wie ein Orkan in sein Gemüt, das das kindliche Vertrauen mit einem Mal zu verlieren droht. Wie verscheuchen? Soll er? Er starrt Alfons an. Alfons starrt Emil an.
„Willst du?"
Alfons reicht Emil einen Lutscher. Einen Colalutscher. In diesem Moment wird die Türe aufgerissen. Der Schaffner steht breitbeinig in der Tür.
„Die Fahrkarten, bitte!"
Emil reicht seinen Fahrschein mit zittriger Hand, dem Schaffner entgeht es ebenso wenig wie Alfons.
„So spät soll es noch nach Wien gehen?"
Mit diesen Worten gibt der Schaffner das Billet zurück.
„Ja, ich besuche meinen Onkel."
„Schulfrei?"
„Ah…". Emil bringt kein Wort mehr heraus, er hat sich eine Unmenge an Ausreden ausgedacht,

doch nun sind seine Lippen wie versiegelt, die Nervosität ist wie ein Korsett, das seinen Hals zuschnürt.

„Was soll das nun werden, eine Befragung? Wir fahren nach Wien und ich begleite ihn, ich bin ein Freund seines Vaters."

„Und warum fahren Sie dann nur bis Linz?"

„Weil meine Frau dann übernimmt, sie steigt in Linz zu und fährt dann weiter, damit unser kleiner Freund wohlbehalten ankommt."

Bei den Worten „Weil meine Frau dann übernimmt" ist Alfons von seinem Sitz aufgestanden und hat dem Schaffner direkt in die Augen gesehen. Jener hat es geschluckt, ohne gänzlich davon überzeugt worden zu sein, aber Alfons hat noch gesagt: „Es soll eine Überraschung werden. Sein Vater wollte mit ihm fahren, aber der ist erkrankt und hat mich gebeten, mitzukommen. Wie ich schon sagte, kann ich nur bis Linz mitfahren. Aber, da der Onkel heute 40 wird, wollten sie ihn mit einem besonderen Geschenk überraschen und nun überbringt es der junge Mann."

Dabei zwinkert er Emil zu.

„Ach so ist das. Sie müssen wissen, es passieren die ungeheuerlichsten und abscheulichsten Din-

ge. Wir sind daher angewiesen worden, unsere Fühler auszustrecken und haben offene Ohren".
Bei dieser Erwähnung bricht er in ein sonderbares Gelächter aus.

„Darf ich wissen, um welches Geschenk es sich handelt?"
Emil traut seinen Ohren nicht, doch auch diesen Fauxpas meistert Alfons mit Bravour.
„Nein, das dürfen Sie nicht. Auf Wiedersehen, wir haben jetzt Hunger."

„Nun sag schon: Bist du ausgerissen?"
Emil hält die Tasse mit der dunkelbraunen Schokolade und dem Sahnehäubchen mit beiden Händen fest umklammert.
„Warum kannst du so ausgezeichnet lügen? Auf den Schnabel bist du nicht gefallen, nun sag schon, sonst verrate ich dich."
Emil erzählt Alfons die Geschichte, ganz getreu, wie er es sich ausgemalt hat. Zu seinem Erstaunen ist sie fast ident mit der Wirklichkeit. Als er mit dem Erzählen fertig ist, legt sich ein leichter Schatten über ihn. Ist es der seines Vaters?

„Und du glaubst, damit kommst du durch? Die werden dich sogleich mit dem erstbesten Zug zurückschicken."

„Nein, die kennen doch meinen Vater. Tante Isolde ist total in Ordnung, die hilft mir sicher."

Alfons will ihn nicht vollends entmutigen und bohrt nicht mehr weiter.

„Du bist schon sonderbar, aber auch mutig, um diese Zeit noch alleine fortzufahren. So alt bist du nun auch wieder nicht."

„Alt genug."

Nun blickt er erstmals auf, hat die ganze Zeit abwechselnd auf den Tisch oder in das Glas geschaut. Alfons sieht wirklich ulkig aus, alleine die halbkreisförmigen Augenbrauen sind zum Zerkugeln. Es fällt Emil schwer, länger in das Gesicht des fremden Mannes zu sehen, es genügt eine winzige Geste seines Gegenübers und es überkommt ihn das Lachen.

„Was ist so witzig?"

„Ich weiß nicht, du siehst so lustig aus."

„Bin ich gar nicht. Ich bin traurig."

„Bist du nicht. An dir ist nichts traurig, du bist lustig."

Emil hat das ganz bestimmt gesagt, hartnäckig betont, fast schon befehlsartig. Alfons erschrickt. Er setzt eine ernste Miene auf.

„Ich glaube, du hast allen Grund fortzugehen. Übrigens, ich heiße Alfons."

Er reicht ihm die Hand.

„Und ich heiße Emil."

Er reicht ihm auch die Hand.

Der Zug schlängelt sich durch die Landschaft. Der ICE muss seine Geschwindigkeit den Landschaftsgegebenheiten anpassen, kann seine Vorzüge nicht ausspielen, ist mehr ein Eil- als ein Schnellzug. Sie starren ins Schwarze. Ab und zu zuckt ein Lichtchen vorüber.

Wels wird ausgerufen.

„Nun muss ich dich bald verlassen."

Alfons setzt wiederum eine ernste Miene auf.

„Wir werden deinen Onkel anrufen, damit er dich am Bahnhof abholen kommt."

„Meinen Onkel lieber nicht, der hat gehörig Schiss vor meinem Vater."

„Deine Tante, sollen wir deine Tante anrufen?"

„Ich finde schon alleine hin."

„Kommt nicht in Frage. Entweder wir rufen jetzt deine Tante an, oder ich bringe dich persönlich zurück."

„Also gut, ich gebe mich geschlagen. 1 : 0 für dich. Man kann nicht immer gewinnen."
Emil muss lachen, abrupt hat Alfons seine „Clownmiene" aufgesetzt, die den Moment entspannt. Alfons wählt die Nummer seiner Tante. Eine helle Stimme meldet sich sogleich.
„Peter", sagt sie.
„Wie bitte?"
„Hier spricht Peter. Peter Isolde", wiederholt sie nochmals.
„Ach so, sie heißen Peter Isolde."
„Sind Sie begriffsstutzig?"
„Ah, ich habe hier einen Gast, ihren Neffen. Er sitzt hier neben mir im Zug."
Am anderen Ende der Leitung wird es still.
„Sind Sie noch dran?"
„Ja, bin ich."
„Er kommt um 21.15 an, könnten Sie ihn abholen."
„Ja, sicher."
Die Tante ist so verdutzt, dass sie nicht einmal nachfragt, warum und wieso, sie sagt einfach ja und fragt nur noch kurz nach, mit wem sie da spreche.

„Alfons Girtmeier ist mein Name, ich habe Ihren Neffen im Zug kennengelernt, er ist ganz reizend."

Damit ist das Gespräch beendet.

Die Tante sagt zu ihrem Mann: „Nun haben wir die Bescherung, unser lieber Schwager dreht anscheinend durch."

Es kommt zu einem heftigen Disput. Franz will Emil auf keinen Fall aufnehmen, er weiß, wie jähzornig sein Schwager werden kann, will sich unter keinen Umständen mit ihm anlegen. Isolde sagt nur: „Du kannst Dich nicht immer da raushalten, es ist schließlich Deine Familie. Wir finden schon eine Lösung. Wir können ihn doch wieder zurückbringen. Ich hole ihn ab."

Franz gibt sich geschlagen, gegen den Gerechtigkeitssinn seiner Frau kann er sowieso nichts ausrichten.

Als sie den Welser Bahnhof aus den Augen verlieren, sagt Emil: "Was macht so ein Cliniclown?"

Alfons öffnet die zwei Verschlüsse seines Koffers und holt eine Clownnase daraus hervor. Er steckt sie sich auf die Nase und fixiert sie mit einem Gummiband auf dem Hinterkopf.

„Er setzt die Nase auf und bringt die Kinder zum Lachen."

„Nun finde ich dich nicht mehr lustig", erwidert Emil.

„Da bin ich aber traurig."

Alfons macht dabei eine hinreißend komische Pose, die Emil ein herzzerreißendes Gelächter entlockt, so dass er gar nicht mehr aufhören kann.

„Was ist los, ich habe geglaubt, du findest mich nicht lustig?"

In diesem Moment wird Linz ausgerufen. Wie rasch doch die Zeit verrinnt, wenn man sich vertieft. Eine Angst greift nach Emil, die Hände werden spürbar. Alfons schenkt ihm die Clownnase.

„Hier, die ist für dich. Wenn der Schaffner kommt, setze sie auf. Da kann dir nichts passieren."

Flugs ist Alfons weg, reicht ihm noch fest die Hand. Emil fühlt sich schlaff.

„Das machst du schon, du bist stark", sagt Alfons noch, dann ist er verschwunden, wie ein guter Geist, der zur rechten Zeit am rechten Platz erscheint.

Linz wird ausgerufen. Der Autor steigt kurz aus, um sich auf die Suche nach der *Schönen Linzerin* zu begeben.

Er, der Autor, schlendert offenen Auges Richtung Pestsäule wie die Mehrzahl der Passanten. Plötzlich, vor der Ursulinenkirche, sieht er sie, ihm fällt es wie Schuppen von den Augen. Die *Schöne Linzerin* steht vor ihm.

Sie fragt: „Was ist mit Ihnen, ist Ihnen schlecht, kann ich Ihnen helfen?"

Kreidebleich ist sein Gesicht, er fühlt es. Hellgrüne Augen blicken ihn an, verzaubern ihn. Die Hand der *Schönen Linzerin* - es kann nur sie sein - hilft ihm auf seine wackeligen Beine.

„Die Hitze", sagt sie.

Die Stirn liegt in leichten Falten. Das gewellte blonde Haar blitzt engelsgleich im Schein der östlichen Sonne. Ihr Staunen ebbt ab in ein Lachen, das einen Zauber entfacht, von dem es kein Entkommen gibt. Die weit vorgeschobene Kinnlade ist die Neugierde am Anderen, die sich nicht verbergen lässt, was sonst? Wie von einer unsichtbaren Schnur gezogen sind ihre Mundwinkel angehoben, ein leichter Flaum liegt über der Oberlippe. Ein Fragezeichen rund um ihren Mund. Fragend ist sie und staunend zugleich, dem Anblick ist nicht zu entkommen, sosehr man es auch will. Die Wimpern winken unruhig, vergewissern sich am Anderen.

„Geht es wieder?", fragen die Augen, die sich nicht allzu weit öffnen.

Stehen bleiben will man, eine Ewigkeit. Nur sie kann es sein, von der berichtet worden ist. Eine leichte Verlegenheit ändert ihren Ton, gibt ein anderes Wesen preis, das er nicht kennen lernen will, nur dem Zauber des ersten Mals erliegen. Schnell weg von hier, sagt er sich, nur den kurzen Schimmer bewahren. Doch so sehr er sich bemüht, es gibt kein Entrinnen, das Antlitz hat ihn verzaubert und gefangen genommen. Immer wieder muss er daran denken, an dieses Bild, sosehr er es wegschieben will. Es gibt kein Entrinnen für jenen, der die *Schöne Linzerin* gesehen hat.

Es wird ruhiger. Der Zug rauscht der Ebene entgegen. Flach wird es. Emil spürt fast gar nichts. Lau fühlt er sich, alleingelassen. Nun ist es, als würde die Zeit angehalten, endlos kommt es ihm vor, wie sich der Zug in die Landschaft frisst, von all dem merkt er nichts, er ist fast außerhalb von sich. Er ist alleine im Abteil.

Keine Menschenseele spendet ihm Trost, er fällt in einen leichten Dämmerschlaf.

St. Pölten wird ausgerufen. St. Pölten hat sich als letzte Hauptstadt der Republik Österreich zu den anderen acht gesellt. Emil hat derlei Gedanken nicht, er hat überhaupt keine, mittlerweile ist er von der Angst besetzt, sie sitzt auf ihm und droht ihn zu erdrücken.

Der Mann vom Zugservice erlöst ihn.

„Darf's etwas sein?"

Abrupt steigt Hunger auf. Es ist ein gutes Zeichen. „Ein Paar Frankfurter mit süßem Senf und eine Cola, bitte."

Mit einer langstieligen Zange holt der Mann die glitschigen, heißen Würstel aus dem metallenen Behälter und gibt sie auf einen Pappkarton, drückt einen Spritzer Senf neben die Würstel und legt eine Semmel obenauf.

„So, das macht 6,20."

Emil reicht ihm einen Zehneuroschein und lässt sich den Restbetrag herausgeben. Mit einem Ruck schließt der Mann die Tür. Erst jetzt bemerkt er das Rattern der kleinen Räder, die er sonst nie überhört, er schmunzelt über sich mit neuem Mut. Emil fühlt sich nun nicht mehr alleine, er hat alles, was er braucht: eine Mahlzeit für die Sättigung, eine Fahrkarte hin zum Ziel und einen schwarzen Abend, der ihn wohltuend umschlingt.

Wien rückt unaufhaltsam näher, der Schaffner kommt und geht, eine ältere Dame nimmt Platz und strickt an einem Pullover, ohne ein Wort an ihn zu verlieren. Es ist ihm egal, er ruht in sich, seinem Ziel fährt er mit einer Leichtigkeit entgegen, die er gerne aufnimmt.

Mittlerweile tagt der Familienrat, tobt, besser gesagt. Vater und Bruder haben Emil schon x-Mal durch die Mangel gedreht, sagen immer wieder, wenn wir den erwischen, Mutter beschwichtigt unaufhörlich. Wird eigentlich nicht gehört. Männliche Brachialgewalt steht auf dem Plan. Es lohnt sich nicht, näher darauf einzugehen, es gibt auch nichts zu berichten, vor ausufernder Gewaltbereitschaft resigniert auch der Autor. Es sei nur soviel erwähnt: Nach einem kurzen Streifzug durch die Stadt haben sich Vater und Sohn zu einem nächtlichen Besäufnis in den Wirtshäusern eingefunden. Um drei Uhr werden sie aus einem Innenstadtbeisl hinausgeworfen. Um 3.15 wird die Polizei verständigt, da Vater und Sohn das Beisl kurz und klein schlagen wollen. In der Ausnüchterungszelle der Stadt Schärding verbringen sie die Zeit bis zur Morgendämmerung.

Ist immer einer auserkoren, den Friedensstifter zu spielen? Ist es so im Getriebe? Ist es so vorgesehen? Ist es an Emil? Ist es Emil vorbehalten, ihm auferlegt? Ihm auferlegt worden? Von wem? Wozu? Um die Familie wieder ins Gleichgewicht zu bringen? In welches? Ist es nicht schon zu weit zur Seite geneigt? Was gibt es noch zu retten? Er ist nur geflüchtet, um sich zu retten, kein Gedanke an Rettung der anderen beschäftigt ihn. Alles andere kann sich daraus ergeben, er denkt nicht daran. Er will nur seinen Kopf retten. Er ist kein Rettungsengel. Im Nachhinein kann man dann immer gescheit daherreden und sagen: Der Emil ist gegangen, aus Liebe, er hat es gespürt: Wenn er geht, wird alles wieder in Ordnung kommen. Weit gefehlt! Der Emil ist nur gegangen, um sich und seine Haut zu retten, er hat sich das genau ausgedacht, nur aus seinem Überlebenstrieb heraus hat er das gemacht, nicht aus Liebe oder aus einem anderen hohen Antrieb heraus. Hätte man gern so gesehen, war aber nicht so. Emil wollte nur seine Haut retten, wollte leben. Höllische Angst hatte ihn erfasst, als der Schaffner aufgetaucht war, es hätte nicht viel gefehlt und er wäre er aus dem Zug gesprungen. Um alles in der Welt nicht mehr Zurückgehen, nie mehr Zurückgehen in diese Hölle auf Erden.

Wie wird sich das anfühlen, das Wien? Mit der Donau schwimmt der Traum einher, das Fernweh heißt und verheißt, denn jede Entsagung tut weh, auch wenn sie nicht schmerzt sogleich. Auch keinen Laut gibt der Baum von sich, der kracht hernieder, und doch fallen ab der Jahre viele, die er benötigte um zu wachsen. Von einem Moment auf den anderen hinterlässt man ein Gut, das, kürzeste Zeit erst her, noch sehr wertvoll gewesen ist. Schwammig ist es, das Wien, sächlich. Nichts, nichts von alldem, was vorher war. Die Gegenwart ist hart und graugestreift mit weißen Punkten des Schimmerns dazwischen, man kann es Sternenglück nennen. Ist es diese Welt, die einen aufnimmt ohne Wenn und Aber und dann, zu einem gegebenen Zeitpunkt, den sie bestimmt, wiederum fallen lässt, da man in ihr nicht verwurzelt?

„Wien-Hütteldorf" reißt ihn aus seinem Traum, der so süßlich und schmerzvoll gewesen ist. Wien-Hütteldorf kennt er nur vom Fußballspiel. Die Grün-Weißen werden sie hier genannt, die Rapidler.

2. Teil

Wien und ...

Hineingeworfen in die große Stadt ist mancher schon zurückgekehrt, ohne sich umgesehen zu haben. Er staunt, sein Staunen hält ihm den Mund offen. Der Platz vor dem Bahnhof erscheint ihm als eine unendliche Aussicht, die ihm alle erdenklichen Möglichkeiten offenhält. Doch sind es zu viele Möglichkeiten, zu viele in Anbetracht seiner Herkunft. Dort sind die Möglichkeiten nicht so zahlreich und eher begrenzt, überschaubar, Halt gebend. Emil holt einen Notizblock aus der Jackeninnentasche und liest: Franz Peter, Straße…, 21. Bezirk. Er lässt seinen Blick über die Stadt schweifen, über einen Stadtauszug. Zuhause ist die Dunkelheit Dunkelheit, hier ist sie eingetaucht in Licht, die Dunkelheit wird zur Fassade des Lichts.

Tante erwartet ihn bereits. Aufgeregt hüpft sie von einem Bein auf das andere. Sie, Onkel und Tante haben die Eltern zwar verständigt, haben ihm aber eine Frist ausverhandelt, eine Frist, um wieder zur Räson zu kommen.

„Was heißt denn das?", hat Emil gefragt.

„Zur Vernunft", hat der Onkel geantwortet.

„Ich bin doch vernünftig gewesen", hat darauf Emil erwidert.

„Das hängt vom Standpunkt ab", darauf sein Onkel.

„Von meinem Standpunkt aus, ganz sicher", waren seine letzten Worte, die er in diesem Fall noch hinzufügen durfte.

Sie haben ihn schon lange nicht mehr gesehen. Wie er wohl aussehen wird? Kinder verändern sich rasch, vor allem dann, wenn sie sich einer Aufgabe gegenüber sehen. Schlaksig, blond und still sind drei Attribute, die ihr spontan einfallen. Es lag an ihrem Mann, dass die familiären Treffen nicht öfter zustande kamen, er hatte Hermann gegenüber eine regelrechte Abscheu, sagte einmal sogar, solche Menschen gehörten exekutiert. Sie dachte, nicht recht gehört zu haben und fragte nach. Es sei ihm so herausgerutscht, hatte Franz beschwichtigend abgewiegelt. Es kam daraufhin zu einer ihrer heftigsten Auseinandersetzungen, die nichts an Schärfe übrigließen. Da entdeckte sie auch an ihr Seiten, die sie besser nicht aufgedeckt hätte.

Emil erkennt sie sofort. Artig und verlegen reicht er ihr die Hand.

„Hattest du eine gute Fahrt?"

Sie glaubt nicht recht zu hören, was sie sagt, so als wäre es das Normalste, dass Emil um diese Zeit an diesem Tag so vor ihr steht.

„Ja, geht."

Mehr fällt ihm im Moment dazu nicht ein.

„Komm, wir fahren gleich zur Wohnung."

Sie tauchen ein in den Untergrund, immer tiefer. Emil staunt, wie tief die Tiefe ist. Rolltreppenfahren macht ungeheuer Spaß, er muss sich rechts halten, um die Schar der Eiligen vorbeizulassen. Bis zum Eintreffen der U6 sind es noch zwei Minuten, wie auf dem digitalen Anzeigebalken steht.

„Müssen wir weit fahren?"

„Nur 13 Station, wir wohnen in Floridsdorf."

„Ich weiß."

„Ja, klar, du wolltest uns ja überraschen."

„Ist auch gelungen."

Er lacht sie an.

„Ja, ist dir wirklich gelungen, was hast du dir nur dabei gedacht?"

Hell erleuchtet ist es unter der Erde. Es ist so anders. „Wien ist anders" steht auf einer Anzeigentafel. In diesem Moment rast die U6 heran. Ein Windstoß schreckt sie zurück. Türen werden aufgestoßen. Die Masse drängt ins Innere. Immer noch schieben sich Menschen nach, solange, bis ein Pfeifsignal zur Abfahrt ruft. Tante Isolde hält ihn mit einer Hand, die andere greift nach einer Schlaufe, die an einer Metallstange baumelt. Die Türe schnellt zu. Eine Station nach der anderen wird ausgerufen. Burggasse, Josefstädter Straße, Währinger Straße, Handelskai, Neue Donau, als ob er es schon einmal gehört hätte, erweckt bereits das Ausrufen der Haltestationen etwas Halt gebendes. Wortlos stehen sich Tante und Neffe gegenüber. Es ist schon eine Zeitlang her, seit er sie das letzte Mal gesehen hat. Vertrauenerweckend ist sie ihm immer schon gewesen, vor allem der Mund hat es ihm angetan, es umspült ihn ein Flaum von Heiterkeit und Zuversicht, die sich auf das volle Gesicht ausbreiten. Alt erscheint sie ihm, etwas gebückt, aber schick herausgeputzt, auf ihr Äußeres bedacht. Mutter käme es nie in den Sinn, die Nägel zu lackieren, für Tante ist es das Natürlichste der Welt. Emil fragt, wie schnell die

U-Bahn fährt. Tante Isolde weiß es nicht. Kaum nimmt die Bahn Fahrt auf, bremst sie sich schon wieder ein. Emil ist verwundert über die Beschleunigungskraft. Einem Wunderwerk der Technik darf er sich anvertrauen. Verstohlen nimmt er Kontakt zu den anderen Fahrgästen auf. Japaner, Deutsche, Engländer, Afrikaner sind auf engstem Raum zusammen. Wenn sie wüssten, wie wenig es ausmacht verschiedener Nationalität zu sein, wenn man das gleiche Ziel hat. Emil sieht in die Gesichter. Sie erscheinen ihm etwas unwirklich, da sie so still sind. Das fällt ihm sogleich auf, wie still es hier drinnen ist. Tante zupft an seinem Arm.
„Hier müssen wir aussteigen."
Ehe er sich versieht wird er mit einem Ruck hinausgeschoben. Sie laufen zwei Treppen hinauf und atmen dankbar die kühle Luft ein. Emil vermisst die Lichter der Stadt. Die Dunkelheit verwirrt ihn. „Komm!" Tante hüllt ihn in ihren Arm. So laufen sie zwei Häuserzeilen weiter, bis sie endlich die Wohnung erreichen. Sie liegt im ersten Stock. Onkel ist noch kurz weggegangen, um sich Zigaretten zu holen. Emil ist todmüde. Er möchte sich sofort hinlegen. Tante zeigt ihm das Kabinett, wo er schlafen kann. Sie zeigt ihm

noch die Toilette, das Bad und den Kühlschrank, falls er Hunger verspürt. Die schweren Lider lassen ihm keine Wahl, sie drücken ihn ins Bett, das ihn wohlig aufnimmt.

„Vater kommt aber nicht?!"

„Nein, nein", beruhigt ihn Tante Isolde, „du darfst schon hierbleiben."

Die Wand ist durchlässig. Onkel und Tante „machen Liebe", wecken ihn aus seinem oberflächlichen Schlaf. Seine Eltern hatten auch oft „Liebe gemacht", wie es die Erwachsenen nannten, meist nach einem Streit. Er hatte nicht vernommen, dass sie sich gestritten hätten, folglich machten sie Liebe ohne Streit. Er dreht seinen Rücken zur Wand, er will es nicht hören. Einen Augenblick später schreit Tante auf und dann wird es still. Emil findet das sonderbar.

„Wenn das nur gut geht", sagt Isolde noch, bevor sie einschläft.

Onkel und Tante sitzen an einem runden Tisch. Ein Brotkorb mit frischen Semmeln steht in der Mitte. Auch für ihn ist gedeckt. Emil reibt sich den Schlaf aus den Augen. Er reicht dem Onkel die Hand. Erkennt ihn fast nicht wieder, so lange hat er ihn schon nicht mehr gesehen. Jugendlich sieht er aus und fesch. Tante muss sich vorsehen. Die jungen Studentinnen haben sicher schon ein Auge auf ihn geworfen.

„Setz dich."

Onkel Franz hat beschlossen, zur Tagesordnung überzugehen.

„Nun, was machen wir heute?", reibt sich dabei die Hände.

Tante Isolde glaubt, nicht recht zu hören. So ist er nun mal, Verdrängungsweltmeister „hoch drei". Will sich mit der Realität nicht auseinandersetzen.

„Ich kann leider nicht mitkommen, muss Stadtführungen machen, kann die nicht absagen."

Tante Isolde ist auch Professorin. Unterrichtet an der Wirtschaftsuniversität, hat aber dort nur ein geringes Stundenkontingent zur Verfügung, so dass sie nebenbei noch verschiedene Jobs macht. Es macht ihr aber Spaß, sie liebt die Abwechslung und die Herausforderung. Franz ist da das Gegenteil, je bequemer, umso besser, ist sein Lebensmotto, daher haben sie auch noch keine Kinder bekommen.

„Na, wie wär`s mit Prater, Riesenrad?"

Emil zögert, er weiß nicht recht. Es täte ihm gut, wenn er bummeln könnte, die Stadt auf sich einwirken lassen.

„Überleg es dir. Ich muss noch kurz auf die Uni, dann starten wir."

Flugs ist er weg, ein kurzer Kuss auf Isoldes Stirn und schon fällt die Tür ins Schloss. Isolde wundert schon gar nichts mehr.

„Ich muss auch gehen. Macht euch einen schönen Tag und pass gut auf dich auf."

„Vater?"

„Versprochen ist versprochen. Wir finden schon eine Lösung."

Sie schlüpft in ihren Mantel. Heute kommt sie ihm jünger vor. Kommt das „vom Liebe machen"?

Emil hat eine Notiz für Onkel Franz hinterlassen. Auf dem Blatt Papier steht:

Lieber Onkel Franz! Ich wollte alleine fortgehen. Sei mir nicht böse. Ich pass schon auf mich auf. Den Haustürschlüssel habe ich in den Postkasten geworfen. Hier ist meine Handynummer.
Liebe Grüße
Emil

Einen höheren Punkt erklimmen, um dem Himmel ein Stück näher zu sein. Er hatte den

„Steffl" dazu auserkoren. Das Wahrzeichen Wiens sollte ihn diesem, seinem Ziel näher bringen. Als gebürtiger Oberösterreicher war er sehr stolz auf seine Heimat. Denn die „Pummerin", die zweitgrößte Glocke Europas, war ein Geschenk des Bundeslandes Oberösterreich und wurde im Jahre 1951 in St. Florian gegossen. Erst im Jahre 1957 wurde sie im Nordturm des Stephansdomes aufgezogen, wo sie, beherbergt unter der „Welschen Haube", nur an hohen katholischen Festtagen und zu speziellen Anlässen läutet. Ursprünglich hing die „Pummerin" hier, im Südturm. Sie hing dort, in der „Alten Glockenstube", bis zum 12. April 1945, als sie beim Dombrand herabstürzte und zerschellte. Die erste „Pummerin" war aus 200 türkischen Kanonenkugeln gegossen, die nach der Zweiten Türkenbelagerung zurückgelassen wurden. So schafft es der Mensch doch immer wieder, großen Übeln etwas Positives abzugewinnen.

Oben, in der Türmerstube angekommen und ziemlich außer Atem, ist er anfangs etwas enttäuscht, da er den für ihn falschen Aufgang genommen hat. Eigentlich wollte er zum Nordturm hochfahren, doch hatte ihn der Sog der Touristen mitgerissen und durch die Wendeltreppe hinaufgeführt. Er kommt sich dabei vor wie in einer babylonischen Wirrnis, in der die Sprachfetzen nur so über ihn hinweg fliegen. Touristisch gesehen ist Wien eine der beliebtesten Destinationen und das ist auch für Emil rasch zu erkennen. Merkwürdiger weise fühlt er sich dabei als riesiges Landei, das erstmals in die weite Welt eintauchen darf. In der Türmerstube kann er durch die Glasfront hindurch nur einen ungenauen Blick über die Stadt hin schweifen lassen, dem Himmel fühlt er sich dadurch keineswegs nahe. Also stellt er Erkundigungen an. Er erfährt, dass im Südturm 11 Glocken hängen, die nach Heiligen, Engeln, Märtyrern und einem Papst benannt sind, ferner St. Stephan, wie der Dom ehrfürchtig genannt wird, insgesamt 22 Glocken beherbergt. Die Namen tun es ihm an. „Zügenglocke", „Speisglocke", „Feuerin". Klingende Namen für sein Ohr. Er erkundet, dass die Pummerin am 12. April 1945 mit grauenhaftem Getöse in die Tiefe stürzte und zerschellte, was er sich bildhaft vorstellen kann, denn er hatte gelesen, dass die Pummerin 17.000 kg schwer war. Auf einen Zettel hatte er sich all die Fragen aufgeschrieben, die er am Abend seinem Onkel stellen wollte, eine davon war: Wie haben die Menschen die schwere Glocke ins Glockenhaus befördert?

Es lässt ihm keine Ruhe, er will doch noch über die Stadt sehen, also nimmt er den Aufzug hinauf zum Nordturm. Über eine Treppe erreicht er die Aussichtsplattform. Zu seiner Überraschung erkennt er sogleich die drei Glocken, die vor der „Neuen Pummerin" stehen. Es sind dies die „Kleine Glocke" – die älteste Glocke von St. Stephan, die „Zügenglocke" und die „Speisglocke". Er hat große Lust, mit einem Klöppel auf die Glocken zu schlagen, wie in früheren Zeiten, als die Menschen noch auf das Glockengeläute gehört hatten. Er umkreist die Plattform und besieht sich die Pummerin von allen Seiten, dann lässt er seinen Blick über die Stadt schweifen. Grau steht sie vor ihm. Heimweh greift nach ihm.

Warum will er dem Himmel nahe sein? Ist es die Unerträglichkeit des Erdenlebens, ist es die Hartnäckigkeit des Schicksals, das sich in seiner Familie als fast unabwendbar eingenistet hat. Ist es die Möglichkeit des Himmels, dem Schicksal eine Kehrtwendung zu geben zu Gunsten von ihm und seiner Familie? Er weiß es nicht, nur zu gerne würde er nach einem von diesen Sternen greifen, die sich in der Nacht zeigen. Diese unzähligen Sterne, die nur darauf warten, gefragt zu werden? Sein Bruder hatte ihm die Sternbilder nahe gebracht, obwohl er ansonsten eine ziemliche Wissensniete war, bei Sternbildern hatte er sich ausgekannt. Sie waren am Inn gesessen und hatten hinaufgesehen zum Himmel. Er hatte gesagt: „Ich bin doch nicht blöd, ich lerne nur das, was ich für mein Leben brauche."

„Sterne?", hatte Emil damals geargwöhnt.

Nun will er, dass ein Stern am Himmel nur für ihn da ist um ihm den Weg zu erklären, den er vor sich zu haben scheint, damit es nicht so mühselig ist, eine Erklärung für das Unfassbare finden zu müssen. Das Handy läutet. Es ist sein Onkel. Es ist noch Zeit, dem Himmel Adieu zu sagen.

Als Kind der Natur, dem es gegönnt war, keinen Tag ohne diese verbringen zu müssen, fiel es ihm auf: Sie ist auch hier, in der Stadt, die Mutter Natur. Würde man die Klötze sprengen und zur Seite schieben, würde es nicht lange brauchen und ebendiese würde die Oberhand gewinnen. Doch nicht so weit muss man gehen, es genügt bereits eine kleine Betrachtung. Efeu erobert das Mauerwerk, nicht mehr gepflegtes Gut wird von Brennnessel umzingelt. Ein Buchenast sprengt das Pflaster. Sosehr man sich auch bemüht, um Abtrennung bestrebt, es gelingt nur mit allergrößtem Aufwand. Hier das Gebilde Stadt mit all seinen Facetten und unweit davon das Grün, das wie ein Raster zur Erholung ruft. Manchmal ist es beschwerlich in ebendiese, sogenannte vorzudringen, braucht es sehr viel Aufwand, um ein Plätzchen zu finden, das man Natur dann nennt. Eingepfercht mit Seinesgleichen unter der Erde kämpft man sich im Untergrund zu den Inseln und fällt dort erschöpft zu Boden. Für Emil mutet das komisch an. Seine Natur hat er hinter der nächsten Biegung gefunden, keine fünf Minuten von seinem Zuhause entfernt. Ließe sich auch hier, in der Urbanität ein Fleckchen zum Ausruhen finden? In den sogenannten Hinterhöfen? In den nicht erwarteten Überraschungen? Im anderen Wien, abseits des Touristenstroms? Von Dachgärten und grünen Stadtoasen hat er schon gehört. Er will sie aufsuchen.

Tante und Onkel haben ihn nicht geschimpft. Sie haben nur gesagt, es wäre gefährlich, so alleine herumzuschlendern, haben ihn aber auch für seinen Mut gelobt, in die für ihn fremde Welt einzutauchen. Es gibt Forelle mit Kartoffelsalat, dazu Weißbrot. Onkel und Tante prosten sich mit einem Gläschen Rotwein zu.
„Auf dich", sagt Onkel Franz.
Emil schlingt das Essen hinunter, muss aufpassen, dass er sich an keiner Gräte verschluckt. In den Essenspausen erzählt er von seinen Erlebnissen, er ist hin- und hergerissen zwischen seinem unbändigen Hunger und dem Bedürfnis, seine Erlebnisse mitzuteilen. Onkel und Tante hören neugierig zu, für sie ist es nichts Neues, das Emil von sich gibt, doch eine neue Sichtweise, die sie liebend gerne aufnehmen. Das mit dem Kinderwunsch hat Isolde noch lange nicht abgehakt.
„Komm, ich zeig dir etwas Interessantes."
Franz schaltet den Computer ein.
„Und was ist mit dem Nachtisch?"
Isolde stellt die Schalen mit der Erdbeercreme auf den Tisch und lässt sich in den Fernsehsessel fallen. Franz öffnet eine PDF-Datei – „Unser Stephansdom – Die Glocken von St. Stephan".

„Das wird dich interessieren, da kannst du nachlesen."
Emil scrollt die Seite nach unten und liest: „Wenn die ‚Bieringer' angeschlagen wurde, wusste jeder in der Stadt, dass nun die Sperrstunde für die Bier- und anderen Lokale gekommen war. Die ‚Feuerin' erhob ihre Stimme immer dann, wenn es in der Stadt brannte."
Ferner liest er, dass die „Speisglocke" angeschlagen wurde, wenn der Priester zu einem Versehgang ging, um einem Kranken oder Sterbenden die letzte Wegzehrung zu bringen und die „Zügenglocke" dann erklang, wenn sie zum Gebet für die „in den letzten Zügen Liegenden" einlud. An die „Speisglocke" und die „Zügenglocke" und die „Kleine Glocke" konnte er sich erinnern, die standen im Nordturm vor der „Neuen Pummerin". Weiter liest er: „Die Neue Pummerin hat ein Gewicht von 21.383 kg."
Zum Onkel gewandt sagt er: „Hoffentlich fällt die nicht auch wieder herunter."
Onkel Franz muss lachen.
„Das war damals natürlich nicht lustig und vollkommen unnötig, so kurz vor Kriegsschluss. Das hätte man sich ersparen können."

„Den ganzen Krieg hätte man sich ersparen können", entgegnet Tante Isolde.
„Aber dann hätten wir Oberösterreicher die Glocke nicht gießen können."
Franz muss lachen.
„Du bist mir ja einer. Auf den Mund bist du nicht gefallen. Magst Du noch weiterlesen oder gehen wir zur Nachspeise über?"
Emil schließt die Seite. Er schreibt die www-Adresse in seinen Notizblock.
„Morgen machen wir zwei Etwas. Das bleibt aber unter uns", erklärt Franz, legt ihm dabei die Hand auf die schmale Schulter.
„Da bin ich aber gespannt", antwortet Isolde.
„Lass dich überraschen."
Isolde ist von Franz überrascht. So richtig aufgedreht ist er, wie schon lange nicht mehr. Sie fühlt sich bestätigt, dass Veränderung ihnen beiden gut täte, ihr Leben bereichern würde.
„Es ist noch viel Zeit", sagt sie sich.

Irgendwann kommt für jeden der Zeitpunkt, um ins Licht zu treten, seine Unscheinbarkeit abzustreifen. Magda, die fast demütig immer im

Hintergrund agiert hatte, schämte sich nun, Vater und Sohn von der Polizeiwache abholen zu müssen. Diese Schande wurde ihr aufgesetzt, so beschloss sie, sich zu minimieren. Sie setzte sich ein Kopftuch auf und gab sich wortkarg, füllte das Formular aus, das ihr der Wachebeamte über den Schreibtisch herüberreichte, legte die Ausweise auf das Pult und nahm Vater und Sohn in Empfang. Die stanken noch nach Alkohol. Lebendige Alkoholleichen torkelten zu ihr hin.

„Hallo."

Sie schob sie zur Tür hinaus. Mehr stolpernd als gehend nahmen sie die wenigen Stufen.

„Frühschoppen?"

„Nichts mit Frühschoppen, wir fahren nach Hause."

So forsch wie sie mit einem Mal war, kannte sie sich nur vom Sich- Denken.

Es ist immer der einzigartige Moment, der gesehen und richtig gedeutet, besondere Taten hervorzaubert. Magda spürte, dass es nun an ihr lag, die Zügel in die Hand zu nehmen, um das sinkende Schiff noch halbwegs auf Kurs zu halten. Es ist im Leben so wie im Märchen. Immer kehren die besonderen Augenblicke wieder, die eines Aufschlages würdig sich erweisen, und nur die Blinden sind nicht imstande, die Geheimnisse der Märchen in das eigene Leben hinüber zu zaubern.

„Wo ist der Hund?"

„Wir haben keinen Hund."

Hermann wiederholt gereizt.

„Wo ist der Hund?"

Magda dreht den Kopf zur Seite, nicht, um ihn nicht ansehen zu müssen, sondern um dem Alkoholgestank auszuweichen.

„Der Hund - deine Worte - ist unser gemeinsamer Sohn und unser Sohn ist zu seinem Onkel, meinem Bruder, geflüchtet."

„Zu deinem Bruder, der untersteh sich, … , wenn ich …, wenn ich den in die Finger kriege", dabei überkreuzt Hermann seine Finger und drückt sie fest zusammen.

„Wir fahren auf der Stelle."

Nun ist wieder so ein Moment gekommen, der nachträglich in der Familienchronik als günstige Wendung Erwähnung findet.

„Zuerst machst du einen Termin im Krankenhaus aus und dann holen wir unseren Sohn in Wien ab."

Große Augen starren sie an. Hermanns fragende Augen.

„Hast du jetzt die Hosen an?"

„Es bleibt nichts anderes übrig bei dem Zustand, in dem du dich befindest."

„Krankenhaus, in welches Krankenhaus?"

„Ich habe mich schon erkundigt, zuerst macht man ein Erstgespräch. Wir fahren nach Linz."

„Zu den Depperten."

„Hermann, wenn einer deppert ist", sie spricht nicht weiter, dieses Niveau ist ihr zuwider, es ist ihr verhasst.

„Ich mache einen Termin für ein Erstgespräch aus und dann fahren wir, sonst kann ich für Emil nicht garantieren."

„Ein Erstgespräch. Meinetwegen."

Sie fragt sich oft in all der Zeit, wie sie es ertragen konnte. Viel zu viel hält der Mensch oft aus, um den Schein zu wahren, oder um ein Bild zu bewahren, oder um einer Sehnsucht nachzuhängen. Bei ihr war es nichts von dem und doch alles zugleich. Sie wurde überrollt und konnte das „Aushalten" bis jetzt nicht zuordnen. Immer wieder hatte sie die Alben durchgeblättert, die Fotos aus schöneren Tagen angesehen. Eine ganz normale zufriedene Familie waren sie gewesen. Niemals hatte sie daran gedacht, dass ein Schicksalsschlag diese Idylle zerstören könnte. Doch war man nicht gefeit davor, man sah es immer wieder: plötzlich torkelte wieder ein Nachbar, ein ferner Bekannter, ins Abseits, ohne Vorwarnung. Doch zieht man in der Lebensplanung derlei nicht ins Kalkül, warum auch, es wäre absurd.

In all dem ganzen Durcheinander nannte sie es nicht Gott und auch nicht Quelle, sie nannte es einfach Vertrauen. Vertrauen in die Zukunft, in die Zeit danach, die Wunden heilt, die ihr Kraft und Mut gab, weiterzugehen.

Ihr Mann ist ein Draufgänger gewesen, hat nicht lange gefackelt. Ihr Mann hat gewusst, was er wollte, nicht wie jetzt, in dieser Zeit. Damals, als er noch ganz er gewesen war, hat er sofort gewusst, dass er nur sie wollte. Am Kirtag ist es gewesen. Er hat seinen Nebenbuhler, so jedenfalls hat es Hermann gesehen, aus dem Sitz des Autodroms gestoßen, dieser hatte nur kurz aufbegehrt und in Hermanns entschlossenes Gesicht gesehen und es sein lassen, um sie zu werben. Unzählige Male waren sie gefahren, beim zwanzigsten Mal hatte sie zu zählen aufgehört. Sie hatte sich dieser unbändigen Kraft hingegeben, es geschehen lassen, nicht an Morgen gedacht. Soviel und solange hatte sie schon lange nicht mehr gelacht, Hermann schlug ein „Spassettel" nach dem anderen: mal kletterte er auf einen der Wagen des Autodroms und lenkte verkehrt, mal lenkte er mit seinen Füßen, mal ließ er sie alleine und sprang während der Fahrt von einem Wagen auf den anderen, die Mahnungen des Personals ignorierend. Niemand traute sich ihm in den Weg zu stellen und sie fühlte sich so aufgehoben, die Zeit anhaltend. Irgendwann löste er ihren Haarzopf, so dass die blonden Strähnen bis zur Hüfte hinabfielen. Ihr war es unangenehm, es sollte bei der Gaudi bleiben. Irgendwann griff er ihren feuchten Nacken, sie schüttelte sich und alsdann griff er unter ihren Rock mit seiner behaarten Pranke und sie schob sie beiseite und später, zwischen Zuckerwatte und Stanitzel, lagen sie im Gebüsch und er lag auf ihr und sein Glied war in ihr, nicht allzu lange, doch so lange, dass ihr erstes Kind daraus entstand. Und beim Zurechtglätten des Rockes flog die Zukunft wie ein ungebetener Gast vorbei.

Und keine 21 Tage später sagte sie es ihm und er sagte nur: Das wird nicht von mir sein und sie sagte: Doch, ich bin mit keinem anderen Mann zusammen gewesen und er sagte: Das sagen doch alle und sie sagte: Dann bin ich nicht wie alle anderen und er sagte, den Tonfall ändernd: Meinst du wirklich und sie sagte: Da spaß` ich doch nicht und er sagte: Den Abend werden wir so schnell nicht wieder vergessen und sie sagte: Ein Leben lang nicht.

Drei Wochen später heirateten sie standesamtlich. Zur Kirche bringen mich keine hundert Rösser hatte er gesagt. 8 Lunarmonate später war es dann soweit, kein Ross hatte ihn vor den Altar gebracht, es war ihr Bruder Franz gewesen, der jetzt in Wien wohnt. Seitdem ist er nicht so gut auf ihn zu sprechen, da er sich von ihm breitschlagen ließ. Der Pfarrer fragte spaßhalber, aber halb auch im Ernst, ob sie noch weit bis zur Niederkunft hätte, so kugelrund war sie gewesen, dass ihr sogar die Antwort und das Atmen schwerfielen. Mit Mühe und Not schaffte sie es bis zum Altar. Die Worte: Ja, ich will! hörten nur die Verwandten, die in den ersten Reihen saßen. Ihnen war es Ernst, durch Höhen und Tiefen gemeinsam zu gehen, sosehr sie an Gottes Segen nicht glaubten und meinten, seiner nicht zu bedürfen.

Jetzt, da es um sie, um ihn, um ihr gemeinsames Leben nicht allzu gut bestellt war, ging sie immer öfter in die Kirche. Die leere, ruhige, unheimliche Kirche zog sie an. Untertags, wenn draußen Schritte und Betriebsamkeit zu vernehmen waren, hauchte sie die Bitten Richtung Altar. „Mache uns wieder heil", sagte sie dann. Sie spürte, dass sie dieses Joch nicht alleine tragen konnte. Die Worte: Ihr, die ihr mühselig und beladen seid, kommt zu mir, ich will euch laben, waren Balsam für sie. Umso härter traf sie dann die Wirklichkeit, die mit einem Schlag die Zuversicht zunichte machen konnte. Darum wiederholte sie ihre Besuche in der Kirche, sie spürte, dass es nicht genügte, nur ab und zu hinzugehen, es wurde für sie zu einem fixen Ritual und je häufiger sie es praktizierte, desto gestählter kam sie daraus hervor. Irgendwann, sie wusste das Datum nicht mehr so genau, es war Markttag, also ein Mittwoch, begab sie sich wieder in die Kirche, setzte sich an ihren angestammten Platz, den ihr niemand streitig machte, blickte geradeaus hin zum Seitenaltar, ließ dabei den Blick zu den zwei traurigen Engeln empor-

schweifen, und wollte leise zu sprechen beginnen. Mittlerweile hatte sich das Beten zu einem Monolog verändert. Doch diesmal war alles anders. Ihr Mund war wie verschlossen, sie brachte keinen Laut hervor. Stattdessen legte sich eine Hand auf ihre Schulter und sagte: „Darf ich sie etwas fragen?" Sie drehte sich um und blickte in das furchige Gesicht eines sehr alten, buckeligen Mannes, es war der Küster.
„Sie kommen sehr oft, fast täglich hierher."
„Ja."
„Ich bin jeden Tag hier, um das Gotteshaus in Ordnung zu halten und es kommen viele Leute hier herein. Sie aber kommen fast immer zur gleichen Zeit."
„Das ist Gewohnheit. Es ist mir nicht aufgefallen."
„Ach so."
Die helle, klare, und kräftige Stimme verwirrte sie. Die offensichtliche Gebrechlichkeit hatte dieses Instrument unbeschadet gelassen. Mit einem Mal war er verschwunden, wie vom Erdboden verschluckt. Einem gespenstischen Engel gleich. Sogleich verließ sie das Gotteshaus ohne weiteres Gebet, zu sehr hatte sie diese Begegnung in Verwirrung gestürzt. Was wollte er ihr

sagen? Noch lange hallte es nach, füllte den restlichen Tag. Die darauffolgenden Tage waren wie immer, nichts Aufregendes geschah, bis auf den darauffolgenden Mittwoch.

Wiederum fiel ihr das Sprechen schwer, kam ihr nicht von den Lippen. Der buckelige Mesner war in ihrem Blickfeld. Er ging seiner Arbeit nach. Staubte den Altar ab, schnitt die Blumen zurecht, tauschte alte gegen neue Gestecke aus. Alltagsarbeit. Sollte sie ihn ansprechen? Er hatte sie verwirrt. Der Küster trat herzu und fragte nach ihrem Befinden. Sie sagte, es gehe so. Er verschwand. Etwas unheimlich war er ihr. Nun war er auf der Empore. Sie bildete sich ein, seinen Blick über ihr, auf ihr zu spüren, fühlte sich beobachtet, wollte alleine sein und in diesem Moment kam es ihr so zu, wie ein fernes Licht, das immer heller zu leuchten beginnt: Auch im Dunkelsten Moment des Lebens ist man nicht alleine, wird man nicht alleingelassen. War das die Botschaft dieses Mannes, wollte er ihr das sagen: Es ist immer jemand da, auch wenn man ihn nicht sieht? Ein Gott, ein Begleiter, ein Freund, ein Mensch? Der darauffolgende Mittwoch hatte die Marktständler in Aufruhr versetzt, der Regen platzte im Nu aus den

schwarzen Wolkengebilden und verwandelte den Platz in einen See. Völlig durchnässt nahm sie ihren Platz ein, den ihrigen. Sie fühlte sich unwohl in ihren nassen Kleidern, wollte nur kurz bleiben, für ein kurzes Gebet, mehr nicht. Im Moment des Gedankens legte sich eine Decke über ihren Rücken. Es waren die Hände des Küsters.
„So ist es leichter auszuhalten."
„Ja."
Heute war es leicht zu sprechen, wie aus einem Guss wanderten die Worte, die Bitten, die Pausen, das Hören. Sie hörte und gab die Antwort, dass alles gut würde. Hatte sie es gesagt oder hatte sie es sich eingebildet oder wollte sie es hören? Nachdenken und grübeln stört. Der Altar, das Innere des Kirchenraumes hatte sich verändert, der Mesner hatte Hand angelegt, hatte eine Wandlung vollzogen. War noch nicht fertig, der Gabentisch musste auch noch einer Erneuerung unterzogen werden. Sie beobachtete alle seine Handlungen, nicht aufdringlich, aus den Augenwinkeln, doch er wusste es, dass er beobachtet wurde. Es machte ihm nichts aus. Die zittrigen durchfurchten Hände erledigten die

Arbeit in der Sicherheit der immer wiederkehrenden Rituale, die Geborgenheit schenken.

Dann kam sie länger nicht. Es war die Zeit, in der sie ihren Mann zur Therapiestation begleitete. Er bekam die Möglichkeit, an einer Gruppentherapie teilzunehmen. Anfangs fühlte er sich fremd, beteiligte sich nicht an der Gesprächsrunde, hörte gelangweilt zu. Es fiel auch dem Therapeuten auf. Er drängte ihn aber nicht. Allmählich wurde er zugänglicher. Ließ die Schicksale der anderen Betroffenen an sich herankommen. Gab einen kurzen Satz von sich. Einige Teilnehmer sprachen wie aus einem Guss, kehrten ihr Inneres nach außen. Es hemmte ihn, er war es nicht gewöhnt, seine Gefühle zu benennen, schon gar nicht vor wildfremden Menschen. Magda ermunterte ihn immer wieder, baute ihn auf, ließ ihn auch in seinen Tiefen nicht alleine. Zuhause schrieb er auf, was er vor der Gruppe von sich geben wollte, wie es zu seiner Kündigung gekommen war. Er las es der Gruppe vor. Niemand wunderte sich. Hermann wunderte sich, dass sich niemand wunderte. So taute er allmählich auf, er spürte, dass es ihm gut tat, sein Schicksal mitteilen zu können, dass es ihn befreite, dass er sogar wieder etwas mehr an Lebensmut bekam.

Es war eine schwere Zeit. Magda wurde viel abverlangt. Sie schluckte geduldig, fühlte sich manchmal wie ein brodelnder Vulkan. Eigenartigerweise war es der weit entfernte Emil, der ihr Kraft spendete, das Ziel, das fern ihrer heimatlichen Tristesse anzusteuern war. Doch damit war es nicht getan, Hermann brauchte auch eine ärztliche Beratung. Also ließ er sich einen Termin geben. Der junge Assistenzarzt saß ihm gegenüber. Die runde Brille, die zurzeit modern war, gab jenem ein eigentümliches Aussehen, sie passte so gar nicht zu dem Gesicht, er war anscheinend schlecht beraten worden.

„Wahrscheinlich hat der keine Freundin", dachte sich Hermann laut.

„Wie bitte?"

„Habe nur so für mich hingedacht", entgegnete Hermann.

Hermann hatte einen Fragebogen ausgefüllt. Der Arzt las ihn aufmerksam durch.

„Tabletten nehme ich sowieso keine."

„Wie bitte?"

Der Arzt blickte über das Blatt und las dann weiter, legte es zur Seite und sagte: „Von Tabletten war bis jetzt noch nicht die Rede."
Er stellte Hermann noch einige Fragen, medizinische wie psychologische, die Hermann mit großer Offenheit beantwortete. Hier hatte er auch nichts zu verbergen. In diesem anonymen Raum fühlte er sich sicher. Abgeschottet von der Welt. Der Arzt klärte ihn mit einfachen Worten auf, die er mit einem Laien verständlichen medizinischen Ausdrücken ausschmückte. Unversehens fragte er ihn auch, ob er schon mal an Selbstmord gedacht hatte, was Hermann entrüstet verneinte. Er erklärte Hermann einleuchtend, was mit ihm geschehen war und welche Möglichkeiten es gäbe, um aus diesem Dilemma wieder herauszufinden. Eine Türe tat sich auf, zwar eine ferne, aber eine, die er eventuell zu öffnen imstande war. Der Arzt erwähnte die Therapiemöglichkeiten, die für ihn in Frage kämen und lud ihn auch ein, zum nächsten Termin seine Frau mitzubringen, da sie doch auch betroffen wäre. Hermann verabschiedete sich und war ziemlich verwirrt. Es war weder die Rede von Medikamenten noch von Behandlung gewesen, weswegen er doch hingegangen war,

noch von Verzicht auf Alkohol. War das die Strategie des Arztes oder war es gängige Praxis geworden? Egal, er war guter Hoffnung. Magda wartete bereits, sein sonniges Gesicht überraschte sie. Auf seine Frage, ob sie das nächste Mal mitkommen wolle, antwortete sie mit einem klaren Ja.

Onkel hat ihm das nächtliche Wien gezeigt, nicht zu später Stunde, sondern die Stätten, an denen sich das nächtliche Wien zeigt. Die Stätten, an denen die Menschen sich vereinigen mit ihren Körpern und ein Stück Seele preis geben, die Stätten, an denen sich Menschen prostituieren und ausgebeutet werden, die Stätten, an denen so etwas wie Liebe geschieht und auch daran annähert, in einer unkonventionellen Weise. Emil ist fasziniert. Er fühlt sich dem gewachsen, er fragt, sein Körper ist ein einziges Fragezeichen. Wieso tun die Frauen so etwas? Wieso gehen die Männer dahin? Wieso unternimmt die Polizei nichts dagegen? Mit jeder Frage und Antwort türmt sich sogleich eine neue Frage auf. Es ist so unerklärlich, dass nur fragen hilft. Sie zwinkern ihm zu. „Na, mein Kleiner!"
„Käufliche Liebe? Was ist das?"

Mit der Zeit fühlt sich Onkel Franz nicht mehr wohl in seiner Haut, es ist ihm, als würde sich eine andere Haut über die seine stülpen.

„Man gibt Geld und bekommt dafür…", wie sollte er es nur sagen?

„Zuhause bekommt man es aber umsonst."

„Du redest schon wie ein Großer."

Onkel muss lachen.

„Ganz dumm bin ich auch wieder nicht."

Man braucht hier nicht zu moralisieren oder zu analysieren. Diese Welt ist nun einmal unter uns. Auch wenn wir sie in die Unterwelt verdammen möchten, so ist es doch nur eine Doppelbödigkeit. Die Welt, die wir nicht sehen wollen, zeigt sich in ihrer Eigenart.

Tante Isolde ist total ausgeflippt. Sie kann es nicht glauben, dass ihr Mann so etwas getan hat.

„Bist du total bescheuert. Einem elfjährigen Jungen zeigst du so etwas. Machst es ihm schmackhaft."

„Du übertreibst total."

„Wieso tust du so was? Willst du so einen Mann aus ihm machen? Du bist mir ein Vorbild. Du bist ein Trottel!"

„Lass uns doch vernünftig …"

„Vernünftig!"

Franz kommt nicht zum Ausreden.

„So was zeigt man doch keinem jungen Menschen. Zuhause geht es drunter und drüber und du zeigst ihm die Bordelle. Bist du noch bei Trost?"

„Ich habe ...", Franz weiß nicht, wie er sich rechtfertigen soll.

„Weil du! ..."

„Nun sag`s schon, das ist es doch, um das es dir geht."

„Weil du zu einer Nutte gegangen bist. Glaubst du, du kannst dich damit rechtfertigen?"

„Was hat das eine mit dem anderen zu tun."

„Du bist und bleibst ein Idiot."

Franz versucht ruhig zu bleiben, es hat keinen Sinn, weiter zu reden. Isolde hat ihm das nie verziehen, dass er zu einer Prostituierten gegangen ist. Es war so eine Wette gewesen, die Franz eingelöst hat. Er denkt sich nach wie vor: Hätte ich es ihr doch nicht gesagt. Isolde fühlte sich herabgesetzt. Es hatte einen Riss zwischen sie beide gesetzt, der sich nicht schließen lassen wollte.

Nun bricht es mit voller Wucht heraus.

„Du bist und bleibst ein Schwein. Nur weil ich dir keinen blasen wollte, bist du zu einer Hure gegangen."
Sie schlägt mit den Händen auf die Brust von Franz. Die Tränen prasseln nur so heraus. Franz nimmt sie in den Arm. Isolde reißt sich los, läuft ins Bad und verschließt die Tür. Franz bleibt zurück.

Es ist ein Ereignis von vielen, das zwischen ihnen steht, wie bei vielen anderen Paaren. Es liegt an ihnen, die Risse zu glätten. Es gibt so Einiges im Leben, das lässt sich nicht mehr richten, es bleiben Wunden. Diese Wunden nicht tiefer werden zu lassen, ist eine Lebensaufgabe, die sich uns allen stellt.

Emil hat den Streit mitbekommen.
„Bin ich Schuld?"
„Ach, nein."
Tante Isolde streicht zart über sein Haar.
„Hast du mitgehört?"
„Nein."
Emil lügt nicht. Die Lautstärke war nicht zu überhören, doch er hat sich die Ohren zugehal-

ten wie zuhause, es war nie anders zu ertragen, es war sein Schutz.

„Nein!", wiederholt er zur Bestätigung.

Tante Isolde ist beruhigt. Das war nichts für Kinderohren. So Vieles ist nicht für Kinderohren und doch ist die Achtsamkeit noch immer keine Tugend.

„Morgen gehen wir in den Tiergarten, was hältst du davon?"

„Abgemacht."

Emil freut sich tierisch.

„Tiergarten, eine größere Freude könnt ihr mir gar nicht machen."

Ein Kuss auf Tante Isoldes Wange sagt: Kinderwelt ist wieder im Lot.

Noch schlaftrunken taumelt Emil ins Bad, seine Gedanken sind bei Leopard und Eisbär und - ist es Vorstellung oder der Nachtschleier oder Wirklichkeit? - Tante Isolde steht splitternackt vor ihm, die Rückseite zugekehrt. Die Türe ist nur angelehnt gewesen. Hat sie auf ihn vergessen oder seine Anwesenheit ignoriert oder war es ihr egal, dass er sie so sehen konnte. Ihm ist es peinlich, er will die Türe wieder schließen, da dreht sie sich um. In der rechten Hand das Rasiermesser, in der linken Hand die Seife. Sein Blick fällt auf das gekräuselte schwarze Dreieck, sein Blick kann nicht davon lassen.

„Hast du noch nie eine nackte Frau gesehen?", fragt ihn Isolde, so als wäre es das Selbstverständlichste von der Welt.

„Doch", stammelt er, „meine Mutter."

Aber es ist nicht dasselbe, das ist etwas ganz anderes. Seine Eltern waren hin und wieder nackt umhergelaufen, es gehörte zum Alltag. Da hatte er sich auch nichts dabei gedacht. Doch nun richtet sich sein Glied auf und er errötet vor Scham. Isolde wirft eilends ein Badetuch über und sagt, es tue ihr leid, sie wollte es nicht. Emil hört diese Worte nicht, er spürt nur ein Ziehen zwischen seinen Beinen und eine kleine Absonderung. Was, wenn seine Tante es merkt? Isolde legt die Utensilien auf das Etagere und muss lächeln. Sie hat es nun doch gesehen, durchfährt es ihn.

„Ich habe ganz auf dich vergessen, es ist mein gewohntes Morgenritual, normalerweise ist sonst niemand in der Wohnung, da siehst du, wie eingefahren man ist."

Emil ist erleichtert. Isolde hat die Situation entspannt mit der ihr eigenen Souveränität. Emil

hätte sie am liebsten abgebusselt, doch sein Glied ist noch immer etwas steif. Isolde fragt ihn, ob er auch Kakao wolle, sie würde das Frühstück zubereiten. Emil nickt, Isolde schließt die Türe und Emil dreht den Schlüssel ins Schloss. Soll oder soll er nicht? Emil muss an Isoldes strafe Brüste denken und den großen Hof, er holt sein Glied hervor, reibt einige Male daran und spritzt den weißen, zähen Schleim an die dunkelbraunen Fliesen. Verwundert sieht er der herabgleitenden Masse hinterher. Der Penis sondert noch immer Sperma ab, während er die Kacheln mit Klopapier reinigt. Ein Gefühl der Leichtigkeit legt sich auf seine Glieder. Was nun, sagt er sich. Frischmachen, Zähneputzen, so tun, als wäre nichts geschehen, Kaffee trinken wie ein Großer und reden wie ein Großer, mit Tante Isolde. Gedacht, getan und doch …
Das Telefon läutet zur rechten Zeit.
Plötzlich verdunkelt sich Tante Isoldes Gesicht. „Aber" und „trotzdem" vernimmt er, „für eine Zeitlang", „bis er wieder", „bis es ihm besser geht" sind einige Wortfetzen, die zu ihm durchdringen. Bedrückt setzt sie sich zu ihm.

„Du musst zurück. Dein Vater hat versprochen, eine Entziehungskur zu machen. Es wird schon werden."

Emil sitzt da wie ein Häufchen Elend.

„Er trinkt auch nichts mehr."

„Das hat er schon so oft gesagt."

Emil resigniert, er spürt, dass es keinen Sinn macht, Widerstand aufzubringen, er hat auch keine Kraft dazu. Der Schatten in Tante Isoldes Gesicht ist zu lang, er breitet sich über die Wohnung aus. Vaters Schatten ist zu lang. Franz hat Mordsrespekt vor Hermann, um es so zu sagen. Sie sind so schon nicht gut aufeinander zu sprechen und dann hat er ihnen noch mit Kindesentführung gedroht, da ist ihm das Herz vollends in die Hose gerutscht. Mit Hermann war es besser, sich nicht anzulegen, das haben schon Einige vor ihm erfahren müssen. So haben sie schweren Herzens eingewilligt, da Hermann auf keine Argumente ihrerseits eingegangen ist. Franz ist nach dem Studium nicht mehr zurückgekehrt. Hermann hat ihm das übelgenommen. Hermann glaubte, dass Franz sich besser vorkäme. Ganz so Unrecht hatte Hermann damit nicht. Franz war das Landleben, wie er es empfand, zu eng, er sehnte sich nach dem Flair der Weite. Hermann und Franz waren sich deswegen oft in die Haare gekommen. Bei der allerletzten Zusammenkunft war die verbale Streiterei entglitten. Franz hatte Hermann dermaßen provoziert, dass dieser ihn mit einem Fausthieb niedergestreckt hatte. Seitdem hat sich Franz nicht mehr blicken lassen, sehr zum Leidwesen seiner Schwester, jedoch zur Genugtuung von Hermann.

„Du hast mir doch versprochen, in den Tiergarten zu gehen."
Tränen rinnen über sein Gesicht.
„Das machen wir auch, wir gehen morgen in den Tiergarten und dann ..."
„Dann holen sie mich ab."
Er spricht von seinen Eltern in der dritten Person, es befremdet ihn gar nicht.
„Dann holen dich deine Eltern ab", korrigiert ihn Isolde.
Isolde drängt es, sie will es Emil unbedingt noch mitgeben, einer Verpflichtung gleich.
„Dein Vater ist kein schlechter Mensch."
Und nach einer kleinen Pause.
„Er hat nur Probleme."
Emil sieht sie entgeistert an.
„Er schlägt uns."

„Er schlägt um sich."
„Und trifft uns."
„Ich weiß auch nicht, wie ich es dir sagen soll, aber jeder Mensch hat einen guten Kern."
„Vielleicht hat ihn mein Vater verschluckt."
Verärgert sagt er: „Ich will nicht darüber reden."
„Aber!"
Emil schreit sie an: „Jetzt hör auf."
Er läuft ins Kabinett und wirft die Türe hinter sich zu. Tante steht an der Tür und horcht. Niemandsland öffnet sich. So mutlos erkennt sie sich gar nicht wieder, sie sieht eine neue Seite, die sich ihr zugewandt hat.

Wach liegt er da. Die schweren Lider wollen sich nicht schließen lassen. Von Ferne nimmt er die Stimmen von Tante Isolde und Onkel Franz auf. Nun, da er sich etwas an das andere Wien gewöhnt hat, muss er schon wieder Abschied nehmen. Später einmal hier zu leben, könnte er sich gut vorstellen, es gefällt ihm. Er kann nicht genau sagen, was es ist, aber die Stadt hat es ihm angetan. In der Schule vor seinen Freunden kann er nicht davon erzählen von seinen Wienerlebnissen, denn offiziell ist er krank gewesen. Er muss sie für sich behalten, so schwer es ihm fällt. Später dann schließen sich die Augen, von Tiefschlaf ist keine Rede.

Der Tag ist sonnig blau, frühmorgens um 7. Emil streckt seine Glieder, er kann es kaum erwarten, in den Tiergarten zu kommen. Zu seinem Erstaunen sitzen Tante und Onkel bereits am gedeckten Tisch. Es entgeht ihm nicht, dass ein Schatten dabeisitzt.
„Guten Morgen", trällert er in den Raum.
Ein leises „Guten Morgen" kommt zurück. Emil denkt, dass sie sich vielleicht wieder gestritten haben. Er geht ins Bad, schließt die Tür und macht die Morgentoilette. Tante und Onkel wollen sich nichts anmerken lassen, doch es ist nicht möglich, sie kommen sich vor wie zwei Verräter, die ihr Opfer zur Guillotine bringen. Kein vernünftiges Abwägen kann daran etwas ändern, sie fühlen sich schuldig. Sie sagen sich: Diesen Tag wollen wir für Emil so richtig schön machen. Diesen Tag im Tiergarten soll er nicht vergessen. Diesen Tag sollte er auch nie vergessen. Dieser Tag war bestimmt zu seiner Odyssee.

Tiergarten Schönbrunn: Eine Menschentraube steht vor der Kasse. Emil kann es kaum erwarten. Es ist schon sehr lange her, seit er hier gewesen ist. Als Baby im Kinderwagen. Der Erinnerung nicht fähig.
Die Giraffen begrüßen ihn, strecken ihre Hälse vor. Wundersam erscheinen sie ihm. Wäre er ein Baum, würde er ihnen seine Blätter schenken. Er nimmt sich keine Zeit zur Rast. Tante und Onkel wollen gemütlich durchgehen, wollen sich Zeit nehmen, um Emil Erklärungen zu geben in der Art der Erwachsenen, die meinen, alles erklären zu müssen. Doch nur kurz streift sein Blick die Schilder, die an den Gittern angebracht sind. Die Flusspferde schnauben das Wasser vor sich her. Es müsste doch herrlich sein, am Nil zu leben und ein Forscher zu sein, denkt er sich. Hier ist doch nur ein kleiner Ausschnitt. Tante und Onkel können kaum Schritt halten, so in Eile ist Emil. Mit dem Gepard rennt er am Zaun entlang um die Wette. Onkel und Tante ermahnen ihn. Doch dann bleibt er stehen: Der Berberaffe und das Berberschaf haben sich gefunden. Während sich das Äffchen am Fell festhält und ängstlich in die Ferne blickt, ruht der Mähnenspringer seelenruhig auf einem warmen

Stein. Wie ruhig doch die Tiere sind, oft ist ihm dies schon aufgefallen, er hat es auch bei den Schwänen beobachtet, mit einer Seelenruhe durchpflügen sie das Gewässer. So tastet er sich durch das Gelände. Er macht Franz auf zwei junge Pandabären aufmerksam, die mit einem Bambusröhrchen spielen. Onkel zeigt ihm die afrikanischen Elefanten. Emil erklärt dem Onkel, dass die Kinder in Indien mit den jungen Elefanten üben. Sie geben den Elefanten Kommandos, die jene lernen müssen.
„Elefanten lernen sehr schnell, sie sind sehr gescheit", musst du wissen.
Das hat Emil so nebenbei gesagt, schon ist er wieder weitergewandert. Isolde kann sich die Eile in Emil nur so erklären, dass er noch alles aufsaugen will, was er noch erfassen kann. Er will nichts versäumen, was immer es auch ist, um es für später zu bewahren. So setzt es sich fort. Hin und wieder bleiben sie stehen, dann läuft Emil von einem Gehege zum anderen, doch je näher sie zum Ausgang kommen, umso langsamer wird sein Schritt. Im Terrarienhaus bleibt er lange. Er sagt: „Schlangen haben es gut. Die können sich verkriechen." Tante treibt es Tränen in die Augen. Sie bleiben lange ste-

hen, beobachten dabei die Würfelnatter, die sich ihren Weg durch die Blätter sucht und übersehen dabei ganz die vereinbarte Zeit, zu der sie sich mit Emils Eltern verabredet hatten.

Doch nicht nur Hermann muss es einsehen, auch andere Betroffene vor ihm mussten es akzeptieren – vom Alkohol loszukommen, war nicht so leicht. Meist genügte ein geringfügiger Anlass und man fiel wieder in die alten Gewohnheiten zurück. Der Arzt hatte zwar gemeint, dass die Chancen bei ihm sehr gut stünden, da er nicht wirklich als Abhängiger zu bezeichnen war. Er hatte sich dem Alkohol noch nicht so lange zugewandt. Doch die Toleranzgrenze war bei Hermann bereits ziemlich niedrig geworden und so genügte meist eine Nichtigkeit, um ihn aus der Bahn zu werfen.

Franz, Isolde und Emil hatten sich verspätet, um genau zu sein, um 20 Minuten. Doch es reichte für zwei „Krügerl". Hermann fühlte sich versetzt. Nun, da er schon länger keinen Tropfen Alkohol mehr zu sich genommen hatte, fuhr ihm der Alkohol wie eine Rakete ins Gemüt, torpedierte sein Inneres, das sich wie eine schreckliche Fratze nach außen drehte.

In diesem Moment kommen Onkel, Tante und Neffe angelaufen, außer Atem. Emil hatte sich bereits damit abgefunden, er hatte sein ganzes Wohlwollen zusammengenommen und sich dem Schicksal hingegeben. Doch nun steht der torkelnde, drohend betrunkene Vater vor ihm. Emil sieht nur ein furchteinflößendes, angstmachendes Wesen, ein Wesen, das nicht hierher gehört. Ein Wesen, wie von einem anderen Stern. Er sieht einen Außerirdischen, der ihm nach dem Leben trachtet. Ein Gedanke erfasst ihn: Nichts wie weg. Emil läuft um sein Leben. Er sieht nicht zurück, läuft die Straße entlang, zur U-Bahn hinab, nimmt die erste eintreffende U-Bahn, steigt bei der nächsten Station aus, läuft die Treppen hinauf und holt Luft. Ganz langsam beruhigen sich Puls und pochende Halsschlagader. Seine zittrigen Knie tragen ihn nicht mehr, er kauert sich neben eine Mülltonne, sackt zusammen. In diesem Moment sieht er wie ein Lastwagen beladen wird. Männer und Frauen verschwinden im Hausflur und kommen mit Kisten und Schachteln wieder zurück, hieven sie auf die Rampe, wo sie von einer weiteren Person in den hinteren Teil der Ladefläche geschoben werden. Plötzlich springt der bärtige Mann von der Rampe, läuft zu einem Busch, um eilends seine Notdurft zu verrichten. Emil nutzt den Moment, nimmt einen Anlauf und springt auf die Rampe, schnappt seinen Rucksack und versteckt sich hinter einer großen Holzkiste. Die Männer und Frauen beenden ihr Werk der guten Sache, sich dessen nicht bewusst, dass sie eine noch kostbarere Fracht an Bord haben. Es ist ein Hilfstransport, der Timişoara in Rumänien ansteuert, einer von vielen, der Umverteilung ermöglicht. Emil weiß von alledem nichts, er ist wieder einmal geflüchtet vor der Lüge der Erwachsenen.

3. Teil

Und...

Mit einem Schütteln und Rütteln setzt sich der LKW in Bewegung. Emil purzelt zwischen den Kisten hin und her. Was da wohl drinnen sein mag? Seine Neugierde muss er noch hintanhalten. Vorerst versteckt er sich einmal hinter einer Kiste. Er hat sich auf eine lange Reise begeben. Timişoara ist das Ziel. Es handelt sich um eine Hilfslieferung, die unter anderem auch für die Straßenkinder bestimmt ist. Eine Schar Männer und Frauen aus dem 13. Bezirk hat eine beträchtliche Ansammlung an Hilfsgütern zusammengetragen, um nicht zu sagen, zusammengerafft, denn es hat sich anfangs als mühseliges Unterfangen erwiesen. Die Männer und Frauen unter der Leitung von Ilena B. hatten an die Nachbarn und Bewohner ihrer Wohnhäuser eine Postwurfsendung ausgesandt, doch nur tröpfchenweise wurden einige Hilfsgüter vorbeigebracht. Sie hatten fixe Zeiten vereinbart, an denen die Güter abgegeben werden konnten.

Doch, hin und wieder ein Kilo Mehl, eine Zahnpasta, ein Stofftier, mehr war nicht zu bekommen. So machten sie sich Gedanken, sandten noch einmal eine Postwurfsendung aus, mit demselben mageren Ergebnis. Sie ließen sich nicht entmutigen, überlegten, wie sie die Idee doch noch in Fahrt bringen könnten. An einem Abend, bei einem Gläschen Wein, sagte Ilena: „Wenn die nicht kommen, kommen wir."
Und so gingen die fünf Männer und Frauen von Haus zu Haus, von Tür zu Tür, sammelten, was sie bekamen, nahmen mit, was gegeben wurde, sortierten auch manches wieder aus und der Rest war beträchtlich, er dürfte Kinderaugen wieder zum Leuchten bringen und Menschenmägen für eine Zeit lang satt machen. Für Emil hat all das keine Bedeutung, er kann von all dem, was die Menschen geleistet hatten, nichts wissen, wie denn auch: Er ist nur froh, hier zu sitzen, in einer etwas besseren Unsicherheit.

Emil verspürt Hunger. Abruptes Hungergefühl setzt ein. Der sinkende Blutzuckerspiegel macht sich bemerkbar. Etwas Essbares müsste doch zu finden sein, zwischen all den Kisten. Eine Fundgrube für einen leeren Magen. Aber, wo zu suchen beginnen. Mit seinem Taschenmesser

durchtrennt er einen Knoten. Zu seiner Überraschung erscheint eine Wundertüte in Form eines Pralinensäckchens. Gierig reißt er es auf und schiebt die runden Dinger, eins nach dem anderen, in seinen weit geöffneten Mund. Hauptsache, etwas Essbares! Sein Magen ist anderer Meinung, speiübel wird ihm, nun ist es der Durst, der sich meldet. Wiederum öffnet er einen Karton. Ein Plüschäffchen springt ihm entgegen, eine Giraffe lugt hervor. Zum Liebkosen herzig schaut es aus, das Äffchen, lässt seine Bedürfnisse für einen Moment hintanstehen. Doch plötzlich bricht es aus, dieses Gefühl, das Angst macht, das Angst schafft, dieses Gefühl der Bodenlosigkeit. Es liegt nicht am Lastwagen, der hin und wieder schwankt, es ist seine Ausweglosigkeit, die ihm den Boden unter den Füßen wegzuziehen droht. Er greift nach seinem Handy, öffnet das Menü „Nachrichten" und schickt eine Nachricht an seine Mutter, eine Nachricht, die ihm unerklärlich ist, da sie so gar nicht zu seinem Gemütszustand passt.
Er schreibt: „Mir geht es gut, Emil."

Magda ist wie von Sinnen. Sie packt Hermann und schreit ihn an: „Wenn du mit der Therapie nicht Ernst machst, dann lasse ich mich scheiden."

Mittlerweile hat sie sich an ihre neue Rolle bereits sehr gut gewöhnt. Sie erkennt sich darin wieder. Sie macht Ernst mit der Verantwortung und will sie auch nicht mehr aus den Händen geben. Scheidung, das Wort sitzt. Hermann spürt, dass es seinen Niedergang bedeuten würde, so viel Einsicht bringt er dann doch noch auf, um seine Ausweglosigkeit zu erspüren. Er unterzeichnet sogar einen Kontrakt, den Tante Isolde aufsetzt. Darin steht, dass er die Therapie mit allen Konsequenzen fortsetzen muss. Dass er die ärztlichen Anordnungen befolgt und auch, als nächsten Schritt, wieder einer Arbeit nachgehen wird. Wie ein artiges Kind unterschreibt er alles, drei „Richter" sitzen ihm gegenüber und er spürt, dass es ihr Recht ist, so zu handeln. Soweit ist es mit ihm gekommen, man traut ihm nicht mehr.

Der Familienrat tagte – ohne Hermann. Für Hermann hätte es keine größere Demütigung geben können, als in dieser Angelegenheit die

Stimme nicht erheben zu dürfen. Schließlich ging es um seinen Sohn, nicht um irgendjemanden, sondern um seinen leibhaftigen Sohn, den er vor 11 Jahren gezeugt hatte. Er wurde als der Verursacher dieser Misere auserkoren und kam sich nun vor wie der König im Exil. Sie überlegten hin und her, wogen ab, diskutierten, hoben alle nur erdenklichen Möglichkeiten hervor, bis zu jenem Punkt, an dem Einigkeit herrschte: Die Polizei müsse verständigt werden. Unverzüglich. Für Hermann war das Schlimmste, dass sich besonders Franz hervortat, sein Schwager, der der absolute Gegensatz schlechthin war.

Wie sieht er nun aus, der tiefe Graben, der die beiden Männer trennt? Es sind Ansichten, wenn man so will, die aufeinanderprallen. Die Ansicht von Hermann, dass das Landleben für die Gesundung des Menschen unentbehrlich sei und die Meinung von Franz, dass das Landleben ungesund sei, in dem Sinne, dass es zu eng gesponnen ist. Hermanns Meinung, dass sich der Mensch früher oder später doch wieder der Natur zuwenden würde und der Standpunkt von Franz, dass erst der Weggang in die Ferne den Menschen endgültig wachsen lassen würde. Außerdem forderte Franz des Menschen Individualität als letzte erdachte Freiheit, was sich seiner Meinung nach am Lande nie und nimmer bewerkstelligen ließe, da jeder von jedem etwas wusste und Anderssein in letzter Konsequenz an den Pranger gestellt wurde. Hermann entgegnete, dass das Eingebettetsein in die Gemeinschaft auch viele Vorteile habe und man nicht verloren ginge, sondern aufgefangen würde. Seine Individualität müsste man sich erkaufen, was schließlich zu einer Stärkung der Persönlichkeit führte. Eigenartigerweise hatten sie aber nie über die Standpunkte diskutiert oder Argumente ausgetauscht, sie standen einfach zwischen ihnen, ungesagt und doch waren sie präsent, unheimlich präsent.

Es ist wiederum eine Eigenart unter den Menschen, dass gerade das nicht gesprochene Wort eine überaus große Macht besitzt, obwohl es nie über des Menschen Lippen gekommen ist, oder gerade deswegen?

Auf Magdas Handy läutet ein Klingelton. Eine Nachricht kündigt sich an. Magdas Gesicht zeigt Erstaunen. Sie liest laut, so dass es alle hören können: „Mir geht es gut, Emil."
Magda tippt ein: „Wo steckst Du?"

Kurz darauf: „Das geht dich nichts an!"
Magda: „Das geht mich sehr wohl etwas an."
Nach einer Pause: „Ich bin bei einem Bruder eines Schulfreundes."
Magda: „Wo ist das?"
Sofort darauf: „Das geht dich nichts an."
Magda: „Und ob!"
Etwas später: „Das sehe ich nicht so."
Magda: „Das sehen wir aber so."
Emil: „Ich übernachte hier und melde mich morgen wieder."
Viel später: „Ist das dein letztes Wort?"
Emil: „Over and out."
Magda: „Ich liebe dich."
Gleich darauf: „Ich dich auch."
Magda und Emil haben die anderen mit einem Mal ausgeschlossen, sie haben es unter sich ausgemacht, die Elektronik hat hier kurzen Prozess gemacht, neue Gegebenheiten geschaffen, verdutzt nehmen es Franz, Isolde und auch Hermann zur Kenntnis.

Hermann und Magda quartieren sich diese Nacht in einem billigen Hotel ein. Sie schlagen das Angebot von Franz und Isolde aus, bei ihnen bleiben zu können.

„Wir haben doch genügend Platz für Euch."

Doch es ist nichts zu machen, geradewegs steuern Hermann und Magda ihre Bleibe an. Eigentlich sind alle froh, dass sie nun getrennte Wege gehen. Für den darauffolgenden Tag verabreden sie sich zum Frühstück.

Emil schnürt es die Kehle zu, wie gerne wäre er doch bei seiner Mutter, jetzt, wo es unabsehbar wird, jetzt, wo er in einem Lastwagen sitzt und, eingepfercht zwischen den Hilfslieferungen, eine Fracht ist, die jederzeit entsorgt werden kann, ohne dass es jemand merkt. Er möchte schreien vor Angst. Er stürzt sich auf eine Schachtel und holt ein Heftchen daraus hervor. Farbstifte liegen auch dabei. Es ist ein Malbuch. Er schlägt die Seite mit dem Elefanten auf. Er malt ihn an, ganz in grau, sehr langsam, absichtlich versucht er, nicht über den Rand hinaus zu malen. Eine Zahnbürste und ein Becher sind auch noch eingepackt worden. Es kommt ihm ein bisschen eigenartig vor, dass eine Zahnbürste in die Hilfslieferung gegeben wurde. Mit seinem Speichel putzt er sich die Zähne. Dann malt er einen Eisbären aus. Etwas schuldig fühlt er sich, da er die Dinge den Kindern wegnimmt und noch schuldiger fühlt er sich, weil er die

Mutter so unverhohlen belogen hat. Was hätte er tun sollen, aber andererseits, was tut er hier. Beim nächsten Stopp wird er hinausspringen, damit der Spuk endlich ein Ende hat. Er malt noch ein Chamäleon aus. Er will sich im Tun vergessen, seine Lage verdrängen, nicht an das Jetzt denken, doch der Körper tut ihm nicht den Gefallen, der Körper wird schlaff und träge, übermannt Emil, hüllt ihn in den Schlaf, den er dringend braucht, zu groß ist die Anspannung der letzten Stunden gewesen.

Raststation…
Olga öffnet den Hosenknopf. Sie zieht den Reißverschluss hinab, holt den Penis hervor und beugt sich darüber. Es ist schon fast zu einem Ritual geworden. Erwin kennt sie seit ziemlich genau zwei Jahren. Sie stammt aus der Ukraine. Ist mit einem Schlepper nach Österreich gekommen, wurde aufgegriffen, nach Ungarn abgeschoben, ist von der „Erstaufnahmestelle" geflüchtet und in die Illegalität abgedriftet, hat sich in ihrer Not einem Ganoven anvertraut, der es nicht gut mit ihr gemeint hat, der sie zu krummen Dingen überredet hat, mit den Schulden und der Abhängigkeit ist es dann nur mehr

ein kurzer Weg hin zur Prostitution gewesen. Seither lebt sie mit falschem Pass als Olga N. hier in Ungarn. Anfangs hat Erwin mit ihr im Stundenhotel geschlafen, nun da sie sich schon etwas besser kennen, will er nicht mehr in ihr sein, will er eigentlich gar nicht mehr mit ihr zusammen sein, doch sein Geld will sie nicht ohne Entgegenkommen nehmen.
„Wir reden einfach", hat Erwin gesagt.
„Nachher", hat sie gesagt.
Als Emil aufwacht ist er verwirrt, er wirft eine Kiste um. Es ist nicht zu überhören. Erwin stößt Olga zur Seite.
„Da ist doch wer im Wagen. Hast du das nicht gehört?"
Olga sieht ihn nur fragend an. Erwin läuft zu der Rückseite des LKWs, öffnet die Türen, schiebt sie in die Halterung und springt auf die Plattform. Mit seiner Stablampe leuchtet er den Laderaum aus. Emil zittert vor Angst. Er steht auf und gibt sich zu erkennen.
„Tut mir nichts."
Der Schein der Lampe leuchtet ihm direkt ins Gesicht.
„Tut mir nichts."

Erwin stürzt zu ihm hin, fasst ihn am Arm und zerrt ihn aus dem Lastwagen heraus, wirft ihn unsanft zu Boden und versetzt ihm einen Fußtritt, packt ihn am Jackenkragen und richtet ihn wieder auf.

„Was machst du hier? Wie kommst du auf meinen Lastwagen?"

Er versetzt ihm eine Ohrfeige und noch eine. Olga geht dazwischen.

„Nun lass ihn."

„Das geht dich nichts an."

Er stößt sie weg.

„Nun sag schon, wer bist du?"

Emil ist komplett starr. Er versteht kein Wort. Sieht sich umgeben von Laternen und LKWs. Glaubt, es wäre die Polizei, die ihn abführt.

„Ich komme mit."

Olga geht wieder dazwischen.

„Nun lass ihn doch. Es ist ein Kind."

Erst jetzt sieht ihn Erwin genauer an.

„Ein Kind, na und. Auch ein Kind bringt Unglück."

„Unglück!", Olga versteht kein Wort.

„Wenn mich …" Erwin zittert.

„Wenn das aufkommt, komm ich in den Knast. Kind oder nicht Kind."

„Nun beruhige dich, schau, wie er zittert."
„Du bist mir ..." Erwin bringt auch kein Wort mehr heraus.
„Wir setzen uns in den Lastwagen und dann hole ich uns Tee."
Olga ist diejenige, die noch halbwegs mit der Situation zu Rande kommt. Nun sitzen sie da und starren hinaus in die unwirklich erleuchtete Fassade. Hochaufgeschossene Laternen überstrahlen das Terrain, das den LKWs vorbehalten ist. PKWs kommen in diesem Feld nur als Miniaturausgaben vor. Es ist eine andere Welt, in die Emil nun geraten ist. Olga bringt den Tee. Ihre zarten klammen Hände umfassen die beiden Becher, die sie in die Höhe hält, so als wären es Trophäen, die sie soeben gewonnen hat. Sieger sehen anders aus. Emil sieht sie nun an: Ihr kastanienbraunes Haar ist zu einem Zopf hochgebunden, ihre langen Beine enden in einem zu kurz geratenen Minirock, die hochhackigen Schuhe lassen sie etwas wackelig erscheinen, die Wangenknochen ragen seitlich aus dem verletzten Gesicht. Wieso erfasst ihn dieser Gedanke: verletzt? Er bleibt fragend in ihm zurück und wird ihn immer wieder aufs Neue fragen: verletzt?

„Trinkt", sagt Olga „habt ihr euch schon bekanntgemacht?"
Kein Wort haben sie gewechselt, starren noch immer durch die Windschutzscheibe hinaus, als ob es Seltsames zu sehen gäbe.
„Darf ich mich zu Euch setzen?"
Sie rückt ganz nahe und schließt die Tür auf der Beifahrerseite. Ohne Emil anzusehen fragt Erwin: „Von wo kommst du her?"
„Aus Schärding."
„Und wieso bist du hier?"
„Weil ich abgehauen bin."
„Und wieso hast du ausgerechnet meinen LKW als Fluchtfahrzeug ausgesucht?"
„Weil er dagestanden ist."
„Hast du sie noch alle? Ich schmeiß' dich ...", Olga fährt dazwischen.
„So kommen wir nicht weiter. Wir müssen dem Jungen helfen."
„Madonna, Madonna, die heilige Hure."
Es kommt zu einem heftigen Disput zwischen den beiden über Emils Kopf hinweg. Von Ukrainisch bis zu gebrochenem Deutsch fliegen die Wortfetzen hin und her. Emil versteht überhaupt nichts mehr, dann wird es wieder klar in den Aussagen.

„Soll ich ihn ins Hotel mitnehmen?"
„Soll ich ihn mit dem Lkw mitnehmen? Ich fahre auf Bewährung, will das nicht hinein in deinen Schädel."
„Du kannst ihn zum Pfarrer bringen, der kümmert sich dann um ihn."
„Supervorschlag, und wenn sie mich an der Grenze hochnehmen, dann bin ich dran wegen Kindesentführung. Kindesentführung, verstehst du!"
„Ich verstehe dich."
„Du verstehst kein Wort. Du bist ..."
„Sag es, ich bin eine dreckige Hure, mit der du gebumst hast und ..."
Emil hält sich mittlerweile die Ohren zu.
„Und nun tust du einmal in deinem Leben etwas Gescheites, ein Gutpunkt auf der Habenseite kann nicht schaden."
Manchmal sind es so einfache Worte, die zum Umdenken animieren. Gutpunkt. Dieses komische Wort legt in Erwin eine verborgene Ader frei, die noch nicht gefroren ist, in der noch Leben pulsiert.
„Ein Gutpunkt ist mir zu wenig. Es müssen schon zwei sein."

Olga fällt ihm um den Hals. Emil versteht kein Wort. Wenig später:
Erwin: „Werde ich dich wiedersehen?"
Olga: „Ich hoffe nicht."
Erwin: „Ich hoffe für dich."
Sie umarmen sich ein letztes Mal, dann heult der Motor gewaltig tief auf. Emil versteht jetzt erst recht die Welt nicht mehr. Die Erwachsenenwelt kommt ihm vor wie eine Chiffriermaschine, die er nicht entziffern kann. Erwin und Emil verschwinden im Schutz der Straße, zurück bleibt die Hoffnung.

Verletzt – es will ihm nicht in den Sinn, vielleicht meint es Emil in dem Sinn: Olga ist eine von diesen vielen verletzten Seelen, die torkelnd, gleich einem Betrunkenen, die Füße nicht auf den Boden bekommen. Physisch sind sie zwar anwesend, doch in ihrem Kern abwesend, sie wenden ihr Innerstes der Welt nicht zu, um nicht ihren letzten Rest an Unversehrtheit auch noch zu verlieren.

„Solange es dunkel ist, kannst du im Führerhaus bleiben, aber wenn es zu dämmern anfängt, dann ab nach hinten, in die Kabine. Wegen dir gehe ich nicht in den Knast."

Emil kommt sich riesengroß vor. Er fühlt sich wie der Mittelpunkt der Welt. Wenn das die Schulfreunde sehen könnten: Er, auf dem Highway, in einem Truck sitzend, die Welt überblickend, die ihm zu gehören scheint, er vergisst die Zeit, um die Stunden der Reise auskosten zu können.
„Wieso bist du ausgerissen?"
Immer länger wird die Geschichte, die Emil zu erzählen hat. Erwin hört aufmerksam zu. Emil berichtet eigentümlicherweise ganz sachlich, so als wäre es das normalste Unterfangen der Welt. Ohne Anklage. Er erzählt von dem Clown, den er im Zug getroffen hat, von den sonderbaren Namen, die die Glocken von St. Stephan haben, von Tante und Onkels Wohnung, die unheimlich hoch ist, von dem Besuch im Tiergarten, der ihn so auf Trab gehalten hat und sagt noch so nebenbei – und nun sitze ich neben dir. Erwin fühlt sich da mit einem Mal auch als Teil der unglaublichen Geschichte.
„Und wie soll es weitergehen?"
Emil zuckt mit den Schultern.
Erwin sagt: „Wir werden schon eine Lösung finden."

Emil ist selig, die entgegenkommenden, rarer werdenden Lichter geben ihm Hoffnung.
„Viel ist ja nicht mehr los", sagt er.
Erwin pflichtet ihm bei. Erwin überlegt, wie es nun weitergehen soll, er hat eine Idee, dazu braucht er aber die Telefonnummer von Emils Mutter. Die Trägheit der Nacht legt sich über Fahrer und Beifahrer. Kaffee hilft. Erwin ist es gewohnt. Emil nicht. Er krabbelt in die Kabine und zieht sich die Bettdecke über den Kopf, schläft lautlos ein. Erwin zögert noch, dann greift er zum Handy und wählt die Nummer von Emils Mutter.

So hat sich das Magda nicht vorgestellt. Sie hatte es sich gewünscht, mit ihrem Mann nach Wien zu fahren und sich den Sehenswürdigkeiten hinzugeben, sie aufzusaugen und nicht mehr genug davon zu bekommen. Doch nun sitzen sie einem drittklassigen Hotel, und es ist nicht anders als Zuhause, nur, dass sie dafür auch noch bezahlen müssen. Ihr ist danach, einen Streit vom Zaun zu brechen, doch sie spürt, wie fragil die Situation ist. Ein unvernünftiges Wort könnte eine Lawine auslösen, die sie nicht mehr aufhalten kann. Also löscht sie das Licht, Hermann ebenso, Rücken an Rücken erwarten sie den viel zu fernen Morgen.

Ein Uhr morgens: Ein Klingelton reißt sie aus ihrem seichten Schlaf, Hermann hat eine Schlaftablette genommen, er hört es nicht. Erschreckt fährt Magda hoch. Ist Emil etwas zugestoßen? Das Mutterherz spürte es, dass es angelogen wurde, zu fein versponnen ist sie mit ihrem jüngsten Sohn, so ist sie nicht so überrascht, als sich eine unbekannte Stimme meldet. Sie ist auf alles gefasst, sogar auf das Schlimmste, doch mit dieser Information konnte sie in ihren kühnsten Fantasien nicht rechnen. Erwin K., Lastwagenfahrer, hat ihre kostbare Fracht an Bord und diese befindet sich auf dem Weg nach Rumänien. Sie meint, nicht recht zu hören, fragt nach, doch Erwin K. wiederholt die Ansage.

„Und sie sind sich sicher?"

Sie beschreibt Emil auf das Genaueste, jede Kleinigkeit, die ihr einfällt, als gäbe es eine Winzigkeit, die ihn doch nicht als ihren Sohn auszeichnet. Doch Erwin bestätigt immer wieder, wird sogar ungeduldig: „Wenn ich es doch sage", entgegnet er barsch. Magda verlangt, dass Erwin ihren Sohn ans Telefon holt. Nun reicht es Erwin endgültig. Er schreit sie durch das

Telefon an: „Nun lassen Sie mich doch einmal was sagen." Magda denkt nicht daran, sie ist außer sich. Ihr Mann schläft seelenruhig und Emil befindet sich auf dem Weg nach Rumänien. Wer kennt das nicht, manchmal ist es nicht möglich klar zu denken, wenn die Emotionen überschwappen. Erwin hätte Lust aufzulegen, doch er spürt, dass er irgendetwas Beruhigendes sagen muss. Magda holt ein paarmal tief Luft.
„Sie sind auf dem Weg nach Rumänien und haben meinen Sohn mit?"
„Ich bin auf dem Weg nach Rumänien und habe ihren Sohn mit"
„Sie irren sich nicht, es ist mein Sohn Emil?"
„Ich irre mich nicht, es ist ihr Sohn Emil."
„Emil, mein Sohn?"
„Emil, ihr Sohn."
So geht es eine Zeitlang hin und her und je länger das Gespräch dauert, desto ruhiger werden sie beide, insbesondere Magda.
Erwin lügt ein wenig: „Emil hat mir die Geschichte erzählt. Eine Freundin von mir hat Kontakt zu den Patern aufgenommen und vereinbart, dass Emil dort bleiben kann, bis er abgeholt wird."

Magda fragt noch genauer nach. Sie ist nun beinahe wieder die neue Magda, die die Zügel fest in der Hand hält. Erwin klärt sie auf, dass die Hilfslieferungen in die Pfarre kommen und von dort aus verteilt werden. Das beruhigt sie etwas mehr. Pater und Pfarre strahlen eine wiederkehrende Sicherheit aus. Doch ganz so zerstreuen lassen sich ihre Bedenken nicht. Sie überlegt, wie sie hilfreich eingreifen kann, doch die Distanz ist hinderlich.

„Was ist, wenn sie an der Grenze Schwierigkeiten bekommen?"

„Emil hat gesagt, er macht sich unsichtbar."

Sie muss lachen, obwohl ihr zum Weinen zumute ist.

„Kann ich mit Emil telefonieren?"

„Er schläft."

Sie schreit: „Dann wecken Sie ihn doch!"

„Er schläft in der Kabine."

„Was soll das nun wieder werden?"

„Wenn sie mir nicht trauen, dann stelle ich ihren Sohn auf die Straße, so leid es mir um ihn tut, er ist wirklich ein lieber Kerl. Aber wenn es sie beruhigt, schicke ich ihnen ein Foto."

Nie und nimmer hätte er Emil auf die Straße gestellt, aber, wie sollte er die Situation seiner

Mutter erklären. Wie sollte er sie beruhigen, wo er doch selbst die Unruhe in Person ist. Der Situation nicht gewachsen. Manchmal hilft nur Vertrauen. Magda empfindet es genauso. Noch mehr Worte würden zur Eskalation führen. Sie fasst einen stillen Entschluss, schiebt ein Stoßgebet hinterher und sagt: „Lassen Sie Emil schlafen und sagen Sie ihm nichts von unserem Gespräch. Passen Sie gut auf ihn auf und fahren Sie vorsichtig." Er lacht und legt auf.

Sie spürt, dass es Emil zu sehr beunruhigt hätte, dass er womöglich einen noch größeren Blödsinn gemacht hätte, wenn sie ihn ans Telefon geholt hätte. In dieser Nacht bringt sie kein Auge zu. Sie durchdenkt alle Möglichkeiten, die ihr in den Sinn kommen und überlegt die nächsten Schritte, die zu tun sind, doch so sehr sie sich bemüht, die Gedanken verzahnen sich als wirre Bahnen. So durchdringt sie den Wiener Morgen. Die graue Luft tut ihr gut. Sie trifft eine folgenreiche Entscheidung, die ohne ihren Mann und ohne ihren Bruder zur Anwendung kommen soll. Ein SMS erreicht das Handy von Isolde und muss nur mehr abgerufen werden.

Isolde kann es nicht glauben, als sie die Nachricht abruft. Sie trifft sich mit Magda in einem

Café. Sie hat den Pass dabei. In ihrem Gesicht steht die Aufregung, man kann sie lesen. Magda ist um Ordnung bemüht. In aller Eile erklärt sie ihr das Geschehene. Isolde hat einige wenige Sachen eingepackt, sie hat nicht vor, sich länger als nötig aufzuhalten, sie will Emil heimholen. Fast wortlos hat sie die Sachen in Windeseile in ihren Koffer gepackt, Franz vor vollendete Tatsachen gestellt. Als er aus dem Badezimmer gekommen ist, hat sie nur gesagt: Ich hole Emil ab, mach dir nur keine Sorgen. Und samt dem Koffer ist sie an Franz vorbeigehuscht wie eine durchsichtige Fee, die nicht zu fassen ist. In den letzten Tagen ist es Magda ganz klar geworden: Isolde ist für Emil mehr als eine Tante, sie steht abseits des Familienfiebers, das sie alle krank macht, sie ist noch nicht gefangen in dem Umfeld, aus dem es kein Entrinnen gibt, sie ist diejenige die noch vorbehaltlos agieren kann. Magda reicht Isolde einen Zettel, auf dem die Adresse steht.

„Hast du ein ‚Navi' dabei?"

Isolde nickt, ihr ist nicht wohl.

„Wenn ich könnte, würde ich mitfahren, aber Hermann kann ich nicht alleine lassen. Mir bricht es das Herz."

Magda drückt Isolde fest an sich und weint wie aus Tonnen, es bricht nur so heraus. Die Anspannung der vergangenen Tage bricht heraus. Die Gäste nehmen es neugierig wahr.
„Das schaffe ich nicht mehr."
Nun, zum zweiten Mal, umfasst sie diese Ohnmacht, diese unausstehliche Hilflosigkeit, zur unrechten Zeit. Der Ober rempelt die beiden Frauen an, da sie genau im Gang stehen, und regt sich auf.
Isolde sagt: „Tränen und starke Frauen gehören zusammen. Es wird Zeit, dass wir uns näher kennenlernen."
Magda muss lachen. Der Ober rempelt sie schon wieder an.
„Eigentlich wollte ich schon immer ans Schwarze Meer fahren", sagt Isolde.
„Das können wir noch später nachholen", antwortet Magda.
Dann trennen sie sich.
Da fahren sie nun, Tante und Neffe, sie in einem PKW, Emil in einem LKW, hin zu einem Punkt, der neugierig macht, da man ihn nicht selbst gewählt hat. Sie fährt mit einem Audi A 4, den sich Franz und sie gemeinsam um ihr Erspartes gekauft haben. Sie hat Franz nicht um Erlaubnis

gefragt, ist auch egal, zur Hälfte gehört das Fahrzeug ihr. Sollte es zur Trennung kommen, würde sie nicht um das Auto streiten. Zur Trennung. Wieso fällt ihr nun dieser Gedanke ein, sie schiebt ihn beiseite. Aber, sie hat nun viel zu denken, nur daran will sie nicht denken, dass sie alleine im Wagen sitzt, alleine auf sich gestellt ist, die sicheren Bahnen verlassen hat. Aber andererseits hat sie nun Gelegenheit, ihre Situation zu durchdenken, im Alltag ist man dazu selten in der Lage, zu angespannt ist man da. Je weiter sie sich fortbewegt, desto flüchtiger kommt sie sich vor. Sie spürt, dass die Gedanken ihr nur so zufliegen werden. Sie muss an den Film „Thelma und Louise" denken, an die beiden Frauen, die abgehauen sind. Es entlockt ihr ein Lächeln. Großartig, diese Susan Sarandon, spricht sie lächelnd mit sich selbst. Sie freut sich auf die ungarische Ebene und auf das ungarische scharfe Essen, Ausgelassenheit fährt mit ihr, diesen Beifahrer nimmt sie gerne mit. Franz verlassen! Es lässt sie nicht los, es ist nicht wegen der Familie, auch in ihrer läuft einiges schief, in jeder läuft etwas schief und man werkt ständig daran, in eine Gerade zu kommen. Gerade, das Wort kommt ihr gelegen, Ungarn ist

doch eine einzige Gerade, soweit sie sich erinnern kann, an ihre Kindheit, an die scharfen, dunkelroten Pfefferoni, an das Lagerfeuer, an die ungezähmten Pferde, an den Fluss, den sie mit den ungarischen Freunden erforscht hat, an die Ebene, die zeitlos vor ihr lag.
Ja, damals ... – die Gedanken springen nur so einher, wie diese freien, galoppierenden Pferde. Franz, nun fällt es ihr wieder ein. Es ist nicht seine Familie, derentwegen sie eine Trennung überlegt, es ist ... was ist es, ist es ihr Wunsch oder ihre Vorstellung, sie weiß es nicht, wenn sie zurückkommt, will sie sich entscheiden. Wie rasch doch die Zeit vergeht, die Grenzbalken sind offen. Ungarn liegt vor ihr.

Raststation ...
Isolde steht an der Theke, nicht weit entfernt von ihr lehnt ein Mann mittleren Alters, er trägt einen teuren Anzug, er zwinkert ihr zu, Isolde ignoriert es nur halbherzig. Er zwinkert ihr nochmals zu. Er ist auf ein Abenteuer aus, es ist eindeutig, soll sie oder soll sie nicht, sie gibt ihr Einverständnis, der Mann holt den Zimmerschlüssel und geht voran. Wortlos nehmen sie den Aufzug. 1. Stock, Zimmer 121. Der Mann

öffnet die Türe. Er spricht Englisch, er ist höflich, er fragt sie, ob sie etwas trinken will. Sie sagt nachher, sie ziehen sich aus, fast wortlos, er sagt nur, sie sei eine hübsche Frau, sie besteht auf einem Kondom, sie hat nur mehr den BH und die Unterhose an, er die Shorts, in dem sich das steife Glied wölbt. Gut sieht er aus. Er kommt näher, schiebt seine Hand in ihr Höschen, umfasst ihren Po und schiebt sie zu sich heran, sie spürt sein Glied, sie ist feucht, sie will es nicht im Stehen tun und legt sich auf das Bett. Er streift das Kondom über, sie sieht weg. Abrupt ist er in ihr. „You are beautiful." Sie legt ihre Hand auf seinen Mund. Sie will den Augenblick. Er hält still. Sie fasst seinen Po und schiebt sein Glied tief in sich hinein, krallt ihre Finger in seine Pobacken. Da stößt er nach, immer wilder, umfasst ihre Brüste und schiebt seine Zunge in ihren Mund. Sie dreht ihr Gesicht zur Seite und lässt sich ganz hinfallen. Er stößt und schiebt und schreit und sie schreit und er hört nicht auf und dann endlich – entlässt er seinen Samen in das Plastik. Sie ist weich wie Butter, sie hätte Lust, sich an ihn zu schmiegen, doch sie unterlässt es, es wäre zu viel, sagt ihre Intuition. Wenig später zieht sie sich an.

„Do you want something to drink?"
„No."
Sie schließt die Türe und dreht sich nicht mehr um. Als sie wieder im Auto sitzt, muss sie an Susan Sarandon denken. Der Audi nimmt Fahrt auf. Sie hat keinerlei Schuldgefühle, wollte es auch Franz nicht heimzahlen, denkt darüber auch nicht weiter nach, wundert sich nur über sich selber, wozu sie fähig ist, spürt, dass jede Tat irgendwie immer eine Ursache hat, hält die moralische Instanz noch hintenan, die sich früher oder später sowieso melden wird, so sicher wie das Amen im Gebet.

Der Mensch ist doch ein phänomenales Wesen. Man wollte ihn ergründen und erklären, kläglich ist die Geschichte gescheitert, die rückblickend stets ein Ergebnis zimmert, beim Phänomen Mensch steht man am Nullpunkt – im Paradies? – die Schlange könnte es wissen.

Nun sind sie allesamt auf eine Reise aufgebrochen, wie die vielen glücklichen Menschen, die sich der Ungewissheit anvertrauen, hoffend auf ein Happy-End. Isolde ist eine von ihnen. Frei, wie schon lange nicht mehr, fühlt sie sich, nur zu gerne würde sie Rast machen, doch sie hat einen Auftrag und eine Verpflichtung, denen sie nachkommen will und muss. Sie spürt sich, dazu hätte es nicht dieses sexuellen Abenteuers bedurft. Sie spürt, dass sie sich verbaut hat, dass sie ihre Kreativität nicht ausgeschöpft hat, dass noch alle Möglichkeiten vor ihr liegen, wie die ungarische Steppe. Weite, nichts als Weite. Diese Reise wird sie über sich hinaustragen, über ihr begrenztes Denken, dass spürt sie ganz fest. Ihr Blick geht weit über die Ebene hinaus.

Isolde war ein Spross einer gutbürgerlichen Familie, in der die Etikette und die Regeln das Dasein bestimmten, denen es sich unterzuordnen galt. Aufbegehren war erlaubt, in einer eigens dafür geschaffenen Grenze. Isolde fügte sich dem ohne Wenn und Aber ein. Sie war wie geschaffen dazu, von angepasstem Gemüt. Ihre jüngere Schwester Helga war ganz das Gegenteil, sie begehrte auf, sie suchte den Kampf und bekam auch Schläge, wenn sie es allzu bunt trieb. Vater war ein angesehener Rechtsanwalt und Mutter eine Lehrerin, wie aus dem Bilderbuch geholt. Sie hatten sich im Griff, ihre Gefühle und ihre Ordnung. Nur Helga wurde zum ersichtlichen Opfer, sie rutschte in die Drogenszene ab. Schaffte mit Mühe und Not eine Ausbildung und verabschiedete sich in eine Welt, der ihre Eltern mit keinem Gedanken und keinem Wort anhingen. Zurzeit lebte sie in einer Hippiekommune in Sri Lanka.

„Es ist nicht erwähnenswert", sagte ihre Mutter dazu.

Isolde aber fügte sich nahtlos ein. Matura, Studium, Heirat mit einem angesehen Professor.

„Die Kinder werden schon noch kommen", meinte der Vater.

Nur nicht zu viel zurückdenken, es lohnt sich nicht, man ist, wie man ist und man ist es nur solange, solange man nicht daran denkt, es zu ändern. Sie muss lachen, wie schwer Veränderungen gelingen, zu oft durchdenkt man es und verwirft man es wieder, da das bisherige Leben so angenehm ist. Hass ist ein schlechter Ratgeber. Hass auf die Eltern. Rache ist auch nicht besser. Vorwärtsschauen in die Ungewissheit, die wie eine lose Farbe sich am Horizont abzeichnet, ist ein winziger Halt, der für den Moment genügt.

Sie soll Emil zurückbringen. Was ist, wenn Emil nicht mitkommen will? Wenn Emil sich weigert. So richtig schlau wird sie nicht aus ihm. Sie ist erstaunt über Emils Mut, den sie nie aufgebracht hat. Amen hat sie gesagt. Amen zu ihrem Vater.

Amen zu seinen ausgesprochenen und unausgesprochenen Geboten. Amen und Schluss. Sie schaltet das Radio ein. Alle Welt spricht vom neu gewählten Papst. Alle Welt ist guter Hoffnung. Es ist ein Papst der Armen, heißt es einmütig. Sie kann der Hörigkeit nichts abgewinnen. Papa wird er liebevoll genannt. Sie hat genug von den Papas, von der Anlehnung an die menschlichen Götter, sie will sich selbst gehören und endlich aufhören, sich Sorgen zu machen. Sie wird gut für Emil sorgen und für sich. Sie schaltet das Radio aus und lebt hin zu dem Ziel, das Timişoara heißt. Dort wird sie die richtigen Entscheidungen treffen, mit und ohne Papst.

Erwin und Emil umfahren Budapest. Sie überqueren die Duna – die Donau, wie sie auf Ungarisch heißt. Sie nähern sich der Schengenaußengrenze. Über Cenad reisen sie ein.
Emil fragt Erwin „Löcher in den Bauch". Er will alles wissen, alles was er glaubt, über einen Lkw wissen zu müssen.
 „Wenn ich groß bin", sagt er ... Erwin unterbricht ihn.
 „Ich weiß schon, wenn du groß bist, dann wirst du LKW-Fahrer."

Erwin ist die Gutmütigkeit in Person. Jede noch so unsinnig erscheinende Frage beantwortet er gewissenhaft. Es bereitet ihm aber auch Zufriedenheit, dass er sein Wissen weitergeben kann. Er erklärt, dass der Lastkraftwagen eigentlich aus zwei Teilen besteht: aus einer Zugmaschine und einem Auflieger und dass im Auflieger die Hilfsgüter untergebracht sind.

„Es ist eine Menge. Der Auflieger hat eine Länge von 13 Metern."

„Da werden sich die Menschen aber freuen!"

Emil ist begeistert. Vom Dieselmotor über das Antiblockiersystem, von der Druckluft bis zu den Zwillingsreifen, von der Lenkachse über die verschiedenen Aufbauten - die Fragen durchwandern das Kraftfahrzeug, der Lastkraftwagen wird in seine Bestandteile zerlegt. Doch je näher sie der Grenze kommen, desto mulmiger wird es Erwin zumute. Er hat Angst und kann sie auch nicht verbergen, so sehr er sich bemüht.

„Ich muss dich verstecken."

„Ich könnte doch in eine Kiste klettern."

Erwin findet die Idee gut. Er öffnet die Hecktüren und räumt die Spielsachen aus einer Kiste. Emil klettert hinein. Oben auf Emil legt er Decken. Er befestigt den Deckel mit zwei Schrauben und macht einige Löcher in die Kiste. Luft bekommt er ausreichend. Doch die Angst will nicht weichen, wie ein bleischweres Tuch liegt sie über ihm.

„Ich werde dir die Angst wegzaubern", sagt Emil.

„Ich bin der Zauberer Angstlos. Eins, zwei, drei, deine Angst ist vorbei."

Noch einmal wiederholt er den Spruch, doch Erwins Angst verflüchtigt sich nicht. Der Beamte überprüft die Frachtpapiere. Er macht einen Gang rund um den LKW. Dann kontrolliert er noch den Pass, den Erwin erst vor kurzem neu ausgestellt bekommen hat. Es ist alles in Ordnung. Er wird zur Weiterfahrt aufgefordert. Während des kurzen Procederes hat Erwin ständig an den Zauberspruch gedacht. Die Angst hatte sich dahinter versteckt. Ein wenig später, nachdem er ein Birkenwäldchen hinter sich gelassen hat, hält er den Sattelschlepper auf einer Lichtung, öffnet die schweren Hecktüren und befreit Emil aus seinem Versteck.

„Willkommen in Rumänien."

Emil sieht sich um, noch kann er nichts Neues entdecken. Erwin ist nicht nur gutmütig, sondern auch ehrlich. So rutscht es ihm auch heraus, dass er mit Emils Mutter telefoniert hat. Emil ist verärgert, aber er lässt es sich nicht anmerken. Er ist glückselig, dass seine Mutter Bescheid weiß, er ist mit ihr verbunden seit Geburt, daran wird sich auch bis zu ihrem Tod nichts ändern, die Nabelschnur pulsiert.

„Tante Isolde wird dich in Timișoara abholen."
Emil strahlt, er erzählt Erwin die tollsten Sachen über Tante Isolde – alle erfunden. Er malt sie vor ihm wie ein Gemälde aus, das sich vor seinem Auge abbildet.

„Den Onkel mag ich nicht, der ist nicht ehrlich und hat vor meinem Vater Schiss, der ist so ein Angsthase, aber die Tante, die würde für mich durch dick und dünn gehen."

„Da kannst du dich ja freuen!"

„Ihr würdet gut zusammenpassen."

Rasch hat sich Emil in Erwins Herz eingenistet. Die Wut, die er damals auf Emil gehabt hat, tut ihm jetzt leid, nun, da sie sich angenähert haben.

Timișoara wird angefahren. Ein fremdes Land wird durchfahren, in dem Sinne, dass hier, in dem Teil, den sie durchfahren, sich die Zeit scheinbar zurückdreht.

Erwin sagt: „Hier ist es wie bei uns vor 50 Jahren."
Emil sagt: „Dazu kann ich nichts sagen."
Doch was weiß man schon von einem Land. Genaugenommen nichts. Erst, wenn man sich eingelebt hat, wenn man die Geschichte kennt, wenn man Verbindungen eingeht, dann hat man eine geringe Ahnung von einem Land. Als Tourist, als Helfer ist man ein Fremder, der keine Antworten kennt.

Der erste Eindruck von Timişoara, den man dieser Stadt abgewinnen kann, ist jener, dass man Freude, Fröhlichkeit und Ausgelassenheit suchen muss. Es gibt sie sicher, doch auf den Straßen ist sie nicht zu sehen. Noch nie war die Farbe Grau so präsent. Die Ceauşescu-Ära hinterlässt noch immer ihr verhängnisvolles Erbe, aus dem sich diese Stadt erst allmählich befreien wird. Die rumänische Revolution nahm hier ihren Anfang. 1989 hat der Aufstand hier begonnen. 153 Menschen mussten ihr Leben lassen, darunter auch Kinder. Armee und Securitate richteten ein Massaker an. An der Oper und den umliegenden Gebäuden sind noch immer Einschüsse zu erkennen. Im Süden der Piata Victoriei, dem Siegesplatz, befindet sich die „Kathedrale der Heiligen der drei Hierarchen." An der orthodoxen Kirche ist eine Mahntafel angebracht, die an das Massaker erinnert. Ein junger Mann ist darauf abgebildet. Bilder bleiben in Erinnerung, prägen sich ein. Die Kathedrale hat keine Kuppeln, aber elf Türme mit grünen Dachziegeln. In der Nacht ist sie hell erleuchtet und eine Augenweide, weithin sichtbar. Im Innenraum der Kathedrale findet gerade eine Messe statt. Für einen Katholiken ein fremdartiges Ritual. Männer und Frauen stellen sich vor den Heiligenbildern an, viele haben auf Papieren ihr Anliegen, ihr Gebet, ihren Wunsch geschrieben. Sie treten vor das Heiligenbild und küssen es. Es wird gesungen, ein Sprechgesang folgt. Die Menschen bekreuzigen sich mehrmals. Man will kein Voyeur sein und doch beobachtet man ergriffen. Vielleicht ist es nur das Fremdartige, das fasziniert, und doch: Es ist eine ganz außergewöhnliche Dimension des Glaubens, die sich erschließt, Gott hat eben viele Gesichter. Die weltliche Seite des Menschen wird beim Hinausgehen angesprochen. Bücher, Ansichtskarten, Heiligenbilder, Kreuze, sakrale Gegenstände werden zum Verkauf angeboten. Aus einem Cafe´ an der Piata Victoriei dringt Musik. Tische sind gedeckt. Es herrscht ausgelassene Stimmung. Menschen tanzen paarweise Arm in Arm. Die Laune ist ansteckend, leider ist es eine geschlossene Gesellschaft, man hätte Lust zu bleiben. Noch so selten hat man lachende Gesichter gesehen.

Timişoara ist die zweitgrößte Stadt des Landes und die Hauptstadt des Banats. Der durchschnittliche Verdienst der arbeitenden Bevölkerung beträgt € 200,-- pro Monat. Benzin kostet gleich viel wie in Österreich. Man versucht sich abzuhelfen. Die Menschen bauen Gemüse an, Chilis, Paprika, Tomaten, Kartoffeln, man versteht viel davon, am Land noch mehr als in der Stadt. Man hat gelernt mit Provisorien umzugehen. Große Konzerne siedeln sich an, Banken sowieso. Sie stellen ihre Embleme in die Auslage. Sind sie verlässliche Partner oder gefürchtete Heuschrecken? Die Meinungen driften auseinander. Am Gare du Nord stehen Männer in grauen Gewändern mit Plastiksäcken und warten auf die Straßenbahn. Ein schick gekleidetes junges Mädchen überquert die Straße. Ein Bettler lungert an der Bushaltestelle. Die Sirene der Rettung heult schon wieder. Die herrenlosen Hunde streunen herum.

Ilena, Karl, Bertram, Alfred und Hildegard sind dem Lkw mit zwei VW-Bussen nachgefolgt. Sie werden auch Hilfsgüter verteilen, die in einem Zwischenlager in Periam gelagert werden. Andere Hilfsgüter werden von örtlichen Stellen verteilt. Auch in der Pfarre werden Waren abgegeben. Sie treffen sich im Pfarrhof. Der Pfarrer erwartet sie bereits. Er hat vorgesorgt. Die fleißigen Menschen wollen ihren Hunger stillen. Der Pfarrer sagt in einwandfreiem Deutsch: „Der Mensch lebt nicht nur von Gottes Wort", und lacht. Er bittet zu Tisch. Ein viergängiges Menü wird serviert, wenn man den Schnaps miteinrechnet, der unweigerlich dazugehört. Eine kräftige Hühnersuppe mit selbstgemachten Nudeln, Szegedinergulasch mit Polenta und Schafskäse und als Nachspeise ein Himbeersorbet. Zitronenkuchen wird auch noch gereicht, den niemand mehr anrührt, dazu Rotwein und Bier in Hülle und Fülle. Jeder Gang wird von einer anderen Frau serviert. Der Pfarrer ruft und deutet und schafft an, die Dienerinnen vollziehen in Gehorsam. Sie bringen das Essen, servieren ab, fragen, ob es geschmeckt hat. Die Helfer werden verwöhnt, man könnte sich daran gewöhnen. Im ersten Augenblick fällt es niemandem auf, dass Emil am Tisch sitzt. Ilena und die anderen machen sich auch keine Gedanken, sie glauben, er gehöre zur Familie. Erst als Emil den Mund aufmacht und von seiner Reise erzählt, werden alle ganz still. So, als sei es das Selbstverständlichste der Welt, erzählt Emil von seiner Odyssee, immer länger wird die Erzählung, es gibt auch eine Menge zu berichten. Als er mit dem Erzählen fertig ist, läutet es. Tante Isolde steht vor der Tür.

Ilena, die mittlerweile 71 Jahre alt geworden ist, hat den Hilfstransport organisiert. Im Jahre 1944 waren ihre Eltern aus dem Banat geflüchtet. Sie war damals 2 Jahre alt. Über Um- und Irrwege landeten sie schließlich mit einem Schiff in Wien und blieben auch dort. Im 13. Bezirk lebt sie nun. Ihrem Vater war es nicht vergönnt gewesen, Fuß fassen zu können. Er verstarb bereits zwei Jahre, nachdem er in Wien gestrandet war, an einer Lungenentzündung, die er sich während der Flucht zugezogen hatte. Ihre Mutter litt sehr unter ihrer Entwurzelung. 16 Jahre später folgte sie ihrem Mann nach, sodass Ilena bereits mit ihren 20 Jahren zu einer Vollwaise geworden war. Im Jahre 1964 besuchte Ilena zum ersten Mal ihre Heimat, da ein Onkel, der Bruder ihrer Mutter, verstorben war. Sie kam als Fremde in die Fremde. In Wien hatte sie sich verwurzelt und Freunde gefunden. Immer wieder kehrte sie zurück, vergaß ihre Geburtsstätte nie, gab von ihrem Besitz auch ab, den sie sich hart erarbeitet hatte, finanzierte für die älteste Tochter ihrer Cousine ein Medizinstudium mit, das diese an der Universität in Bukarest erfolgreich absolvieren konnte. Trotz alledem blieben ihr die Gegend und auch die Menschen fremd. Wäre sie mit ihren Eltern gemeinsam zurückgekehrt, hätte sie eine gänzlich andere Beziehung aufbauen können. So verflüchtigten sich die Leben, hier wie dort. Eigenartigerweise meldete sich vor einem Jahr der Wunsch, Hilfe in diese Gegend zu bringen. War es das kleine Kind in ihr, das sich nun, da sie auch älter wurde, zu Wort meldete? War es Sentimentalität? Sie wusste es nicht. Sie wollte nur den dringlichen Wunsch befriedigen und der hieß: Ich organisiere einen Hilfstransport. Mit der Sturheit des Alters ließ sie sich trotz vieler Unwägbarkeiten und Hindernisse auch nicht davon abbringen, wusste ihre Freunde für diese Idee zu begeistern.

Emil liegt in Tantes Schoß, er erzählt und erzählt und dann sagt er: „Wir könnten doch noch hier bleiben, wir könnten mithelfen."
So beiläufig sagt er es, er will noch Zeit gewinnen. Es zieht ihn nicht zurück, er weiß nicht, was ihn erwartet. Isolde ist gar nicht überrascht, im Gegenteil, es hätte sie gewundert, wenn Emil keinen Widerstand geleistet hätte.
 Isolde ist, seit sie Franz, Wien und ihr dortiges Leben verlassen hat, nicht mehr die Alte, sie erkennt sich selbst nicht wieder, sie findet sich auch, wenn sie in den Spiegel sieht, ausnehmend hübsch. Erwin hat ein Auge auf sie geworfen, das ist ihr nicht entgangen. Sie fühlt sich „rundumerneuert", die Reise hat ihr bisher gut getan, sie will sie noch nicht beenden und so beschließt sie, mehr aus einer Laune als aus tiefster Überzeugung heraus, auch mitzuhelfen. Ilena sagt: „Fleißige Hände werden immer gebraucht."

Eine kleine Romasiedlung am Rande des Ortes Tomnatic. Menschen kommen herbeigelaufen, als die zwei VW-Busse sich nähern. Die Botschaft verbreitet sich wie ein Lauffeuer: Hilfe kommt an. Als die beiden Hecktüren des Transporters geöffnet werden, kommt ein ca. 16jähriges Mädchen mit schwarzen Haaren, einer dreckigen beigen Jogginghose und abgetragenen Sandalen herbeigelaufen und reißt eine Schachtel weg. Die wartenden Menschen scheuchen sie weg, sie lauert und wartet.

„Wie ein verwundetes Tier", denkt Isolde. Während die Helfer und Helferinnen die Hilfslieferung austeilen, sieht sich Isolde um. Ilena und Karl sorgen für Ordnung. Jede Familie bekommt eine Schachtel, für alle gleich, eine Frau, die soeben erst entbunden hat, bekommt eine zusätzliche Schachtel. Man will keinen Neid erzeugen.

„Kann man hier wohnen?"

Isolde kann es nicht glauben, sie steht mitten in Europa und mitten in bitterbösester Armut. Eine Tagesreise entfernt von ihrem Zuhause. Eine zarte, große, schwarzhaarige Frau bittet sie mitzukommen, sie zeigt Isolde ihr Zuhause und bittet sie gleichzeitig um Geld. Isolde bleibt stur, es würde nur wieder Unmut in der zerbrechlichen Gemeinschaft erzeugen. Sie traut ihren Augen nicht. In einem Bretterverschlag liegt auf einer modrigen Matratze ein Mann von ungefähr 40 Jahren, ein älterer Sohn beschickt den Ofen und zwei Kinder im Volksschulalter schauen sie mit großen Augen an. Es raucht im Raum, das Ofenrohr ist defekt. Sie geht hinaus. An der Wetterseite deckt Schilfrohr ein Loch in der Bretterwand ab. Ein größerer Windstoß würde das Heim hinwegfegen. Immer wieder wird sie von den Menschen gebeten, zu ihnen zu kommen. Isolde fasst sich noch einmal. Es ist die Frau mit dem Baby. Isolde steckt ihr einen Zehneuroschein zu. Hier ist es nicht viel besser, nur anders, eine schiefe Wellblechhütte ist ihr Zuhause, auf ihrem Arm schläft das Baby. Das Mädchen, das eine Schachtel entwenden wollte, hat nun doch auch ihren Teil bekommen, es läuft weg. Ein kleiner Junge hat die neuen Adidasschuhe bereits angezogen, er ist stolz darauf. Die alten hat er weggeschmissen. Isolde fühlt sich schuldig und dreckig. Einer jungen Mutter macht sie den Vorwurf, dass diese ihrem zitternden Kind keine Jacke überziehe.

„Woher nehmen?" sagen die fragenden Augen. Isolde öffnet ein Paket und sucht eine Jacke. Diese zieht sie dem Mädchen über. Es lächelt, die Mutter bedankt sich. Isolde läuft noch einmal in eine Baracke, in der es nach Urin stinkt, hier „hausen" fünf Menschen, die soeben die Schachtel geöffnet haben. Der jüngste Sohn isst die Schokolade. Isolde eilt von einer Hütte zur anderen. Es ist schon egal. Sie weiß nicht einmal, warum sie es tut. Sie ist froh, dass sie den Fotoapparat zuhause vergessen hat. Über eine Baracke ist eine Plane gelegt worden. Im Innenraum ist es nass, die Plane ist löchrig. Man nimmt, was man ergattern kann. Kein Bild gleicht dem anderen und doch ist ein Wort präsent – Elend. An einer Barackentür ist ein Schloss angebracht. Sie ist verwundert. Was soll man da stehlen? Das Misstrauen ist groß. Armut verbittert. Wo wohnt das Vertrauen? Es fehlt die Grundlage dazu. Es ist der tägliche Kampf, der prägt. Ihr Leben hat sich in die Gesichter der Menschen eingebrannt. Diese erzählen Romane. Wäre sie in einer derartigen Situation wie diese Menschen, sie würde sich nicht zeigen, sie würde sich verschließen, sie würde ihr Elend verbergen. Sie wird gerufen, die Hupe ruft zum

Aufbruch. Emil sitzt bereits wieder im Bus. Da steht noch ein Mädchen mit elf Jahren, das Alter hat sie erfragt. Sie gibt ihr ein Kreuzzeichen auf die Stirn. Es beruhigt. Sie fragt Gott, wo er denn sei. Das ausdruckslose Gesicht des Mädchens wird sie noch lange begleiten.

Als sie wieder im Bus sitzt, muss sie weinen, Ilena und die anderen trösten sie, sie sagen, sie hätten keine Zeit zum Nachdenken, sie müssten die Hilfsgüter verteilen. Bertram sagt, dass das ganz normal sei, dass auch ihn die Tränen schon mal übermannt hätten, Bertram, einen Hünen von einem Mann! Unvorstellbar! Schuhgröße 46 und Schultern, so breit wie ein Kasten. Sie entfernen sich von der Siedlung. Übers Land geht die Fahrt, über holprige, löchrige Straßen, eine EU-Fahne ist am Rathaus hochgezogen. Es ist ein Affront. Sie erreichen ein Dorf. Pesac ist sein Name. 12 Schachteln werden verteilt. Die Frau, in deren Haus die Güter aufbewahrt werden, spricht mit Ilena. Sie erklärt ihr, dass Frau H. letzten Sommer verstorben sei. Diese wird von der Liste gestrichen, es sind nur mehr 11 Personen. Der VW nimmt wieder Fahrt auf.

460 000 km hat der Motor bereits abgespult. Das nächste Ziel wird angesteuert. Gottlob ist sein

Name. Isolde muss schmunzeln. 120 Schachteln und Kleidersäcke werden abgeladen. Es geht wie im Akkord. Junge Männer kommen herzu, sie helfen mit, sie wirken kraftlos, wissen auch nicht recht, wie sie anpacken sollen. Keine Arbeit zu haben macht unbeholfen. Es ist scheinbar emotionslose Arbeit. Isolde ist verwundert. Im Hinterhof bellen Hunde, ein Hund hängt an der Kette, immer wieder versucht er, sich loszureißen. Die Hühner scharren im Dreck.

Kindergarten Gottlob. Die Leiterin begrüßt die Männer und Frauen. Sie bittet sie herein. Es sind nicht viele Kinder da, einige sind krank. Manche kommen nicht, die Eltern verfallen oft in Zustände, die dem Kindeswohl abträglich sind. Die Behörden müssten häufiger eingreifen, der Zukunft der Kinder wegen, meint sie. Wenn es so einfach wäre, wäre die Welt nicht so kompliziert. In einem Raum sitzen die Kinder auf Sesseln, nebenbei läuft ein Fernseher. Die Kinder singen Lieder vor, die Pädagogin dreht den Fernseher nicht ab. Ilena und all die anderen werden zu Kaffee und Schnaps eingeladen, man kommuniziert mit Händen und was man so noch zur Verfügung hat. Isolde trinkt ein Stamperl Schnaps. Es brennt höllisch in der Speiseröhre.

Sie bekommt Schluckauf. Mittlerweile betrachtet sie es als eine Selbstverständlichkeit, Schnaps zu konsumieren, anscheinend gehört es hier dazu. „Extrawürste" mag sie nicht, wenn sie ein fremdes Land besucht, dann will sie sich auch die Sitten aneignen. Sie fragt die Leiterin, welche Spielsachen sie noch brauchen könnten. Es ist ein zähes Unterfangen, wenn man der fremden Sprache nicht mächtig ist. Sie sagt, sie werde sich darum kümmern, sie will ihnen wertvolle Spielsachen zukommen lassen. Welches Spielzeug sinnvoll ist, will sie sich noch überlegen. In der Zwischenzeit haben die Kinder die Sessel zu einem Zug umfunktioniert. Sie spielen Eisenbahn. Hier ist man es noch gewohnt, aus dem Wenigen viel zu machen. Beim Hinausgehen wird Isolde von einer Mutter angesprochen, die gerade ihr Kind abholt. Sie sagt, sie hätte so gerne ein Fahrrad. Isolde verspricht, dass sie mit der nächsten Lieferung eines bekommen wird. In ihrem Kellerabteil steht noch ihr altes, gut erhaltenes, Damenfahrrad, mit dem sie zwar nicht mehr fährt, dass aber jederzeit fahrbereit gemacht werden kann. Wahre Größe wäre doch, dämmert ihr, das Neue herzuschenken. Mit dieser Aussage konfrontiert sie die anderen Helfer, als sie wieder im Auto sitzen. Sie stimmen ihr zu. Alfred sagt: „Wir geben doch nur das ab, von dem wir uns leicht trennen."

Comlosu Mare – sie fahren nahe der serbischen Grenze. Endlose Weite. Die Häuser sind bunt gestrichen. Von fahlem Gelb über fliederviolett bis zu grellem Grün reicht die Palette. Die Kirche besticht durch ihren Blauton. Auf einem kleinen Markt wird Kleidung und Gemüse angeboten. Zu aller Überraschung ist plötzlich eine lange asphaltierte Gerade in die Landschaft gelegt worden. Ein Schafhirte mit annähernd 500 Schafen winkt ihnen zu. Sie bleiben stehen. Dosenbier fällt für ihn ab. Die Helfer sind übermütig geworden. 2 Pferde ziehen einen Anhänger, der mit Mist beladen ist. Ein Mann findet zwischen Pferd und Fuhrwerk noch einen Platz. Es ist eine eigene rhythmisierte Zeit. In einer Schule werden zwei Laptops, Drucker und Druckerpatronen abgegeben. Die Direktorin zeigt ihnen die Räume. Eine Lehrerin fühlt sich gestört. Isolde zeigt einem ca. 12 jährigen Jungen anhand einer Landkarte, woher sie kommen. Er sagt: „It`s a long way." In den Klassenräumen stehen Eisenöfen, es ist angenehm warm. Die

Direktorin erklärt, dass sie auch die Vorschule eingeführt haben, mit gutem Erfolg. Sie lassen noch eine Schachtel mit Süßigkeiten da, Isolde findet es nicht so gut, sie sagt es auch. So geht die Fahrt weiter. Sie besuchen eine Frau, die Ilena gut kennt. Sie freut sich. Sie lädt sie ein, zu bleiben, es gibt Kaffee und Schnaps. Isolde will an die frische Luft. Sie besieht sich den Friedhof, der am Rand des Dorfes liegt. Dahinter ist eine riesige Müllhalde, die ins offene Land hinausreicht. Plastiksäcke werden vom plötzlich einsetzenden Wind herumgewirbelt. Auf verwaisten Gräbern liegen Plastikblumenkränze. Auch aus diesem Dorf sind viele abgewandert. Andere Gräber wieder sind sorgfältig umsorgt. Frische Blumen schmücken sie. Efeu umrankt manche Grabstätte. Viele Grabsteine neigen sich der Erde zu. Deutsche Namen sind auf etlichen Grabsteinen eingraviert. Im Altenheim leben nur mehr 8 Menschen, die deutschsprachigen Ursprungs sind. Die meisten sind ausgewandert oder verstorben. Die Nachkommen sind verstreut.

Emil kommt und holt Isolde ab, sie hat schon ein schlechtes Gewissen, da sie Emil allerhand zumutet. Doch Emil lässt sich nicht unterkriegen, für ihn ist es ein Abenteuer. In Satu Mare werden wieder 16 Pakete abgegeben, über holprige Straßen hinweg erreichen sie Sânpetru German. An einigen Häusern sieht man, dass hier einstmals Wohlstand herrschte. Das Herz tut einem weh, wenn man sieht, wie diese schönen Häuser verfallen. Für museale Verwertung fehlt das Geld. Sie suchen eine Adresse. Eine Frau, die auffallend elegant gekleidet ist, bietet ihre Hilfe an. Die löchrigen Sandalen passen so gar nicht zur Kleidung. Wie sehr sich die Bilder ähneln. Kläffende Hunde in den Hinterhöfen, streunende Katzen, eine große Hühnerschar und ein weitläufiger Gemüsegarten. So gut es eben geht, versorgt man sich selbst, es ist auch vonnöten, um über die Lebensrunden zu kommen. Nach langem Suchen finden sie das Haus. Mit mechanischer Gewohnheit laden sie die Hilfslieferung ab. Helfen macht müde. Am Ortsausgang begegnet ihnen ein Pferdefuhrwerk. Es ist beladen mit Kleinholz. Obenauf sitzt ein Mann, der die Zügel in der Hand hält. Dahinter geht ein anderer, ein jüngerer, in seiner Rechten hält er eine Axt. Über Periam, wo sich das Zwischenlager befindet, geht die Fahrt zurück nach Timişoara. Erwin hat sich in der Zwischenzeit verabschiedet. Nachdem die Hilfsgüter abgeladen worden waren, war es auch für ihn an der Zeit, Abschied zu nehmen. Abschied von einem Freund, den er hoffte wiederzusehen. Auch Emil will Erwin wieder treffen. Sie tauschen Adressen aus. Die Zukunft wird es weisen. Erwin ist stolz darauf, ein Wagnis eingegangen zu sein. Emil sagt: „Du bist mein Held." Dann verschwindet der Sattelschlepper. Schon wieder hebt ein Engel ab. Es sind derer viele, die ihre Flügel ausbreiten.

Wieder zurück in Timişoara. Karl, Ilena, Alfred, Bertram, Hildegard und Isolde setzen sich noch zusammen. Die Pfarrersköchinnen sind großzügig. Die kräftige Hühnersuppe wärmt. Überreich gedeckt ist der Tisch. Sie reden und lachen und streiten, sie trinken, der Tag läuft noch einmal ab. Die Banken kommen ins Gespräch. Wieso kann man diese Unmengen von Geld nicht in dieses Armenhaus transportieren? Erwin würde mit seinem Sattelschlepper sich bereit erklären, die Gelder hierherzuschaffen. Sie lachen über diese ausgelassene Idee. Sie reden sich den Tag von der Seele. Ilena tätigt noch einige Telefonate. Hilfe will auch koordiniert werden.

Frühmorgens ruft die Sonne zum Aufbruch. Sie fahren übers Land. Die Erde ist schwarz. Moorerde? Fruchtbare Erde? Es fehlt an Maschinen, um das Land zu beackern. Landwirtschaftliche Produktionsstätten zerfallen, Überreste einstmaliger Kolchosenwirtschaft. Es ist nicht schön anzusehen, man ist es nicht gewohnt. Andererseits beschönigt man nichts. Verfallene Fabriken, bröckelnde Häuserfassaden, Männer und Frauen auf klapprigen Fahrrädern, man ist verwöhnt, in Österreich ist das Beste gerade noch gut genug – hier muss man sich mit dem Wenigsten zufrieden geben. Großflächige Schlehenhecken durchtrennen die Landschaft. Maulbeerbäume säumen eine Ortschaft.

Nun erreichen sie wieder Periam – Bine ati venit – Herzlich willkommen. Vor dem Zwischenlager hat sich eine Menschentraube gebildet. Alle wollen ihren Teil abbekommen, doch die Verteilung wird erst vorgenommen. Stefan wird es übernehmen. Er waltet über die gerechte Verteilung. Etliche können es nicht erwarten, sie regen sich auf. Es ist entwürdigend. Zwischen Isolde und Hildegard kommt es zu einer Auseinandersetzung. Dampf muss abgelassen werden. Emil spielt in der Zwischenzeit mit einem Jungen

Fußball. Eine Pressspanplatte liegt auf zwei Holzgestellen. Ein stehendes Holzbrett markiert die Mitte. Jugendliche spielen darauf Tischtennis. Man muss sich zu helfen wissen. Isolde ist betroffen von ihrer eigenen Sattheit, sie muss es sich eingestehen. Keine Minute könnte sie hier verbringen, dazu würde ihr die Courage fehlen. Sie will ihr Leben ändern, von Grund auf.

  Während die Helfer die Hilfsgüter abladen und verteilen, sehen sich Tante und Emil in Periam um. Es ist ein Ort mit 4.400 Einwohnern und doch können sie auf den ersten Blick weder Geschäfte noch Betriebe ausfindig machen. Aufgelassene Fabriken sind zu sehen. Junge Männer und Frauen, die Abflussrinnen freilegen, auf einem Spielplatz sitzen zwei Mütter und unterhalten sich angeregt, währenddessen ihre Kinder in der Wiese umherkrabbeln. Einen kleinen Gemischtwarenladen entdecken sie. Zwei Männer behauen einen Baum mit ihren Äxten. Kinder eilen mit den Hilfspaketen vorbei und winken. Während des Zweiten Weltkrieges wurden auch von hier Menschen vertrieben, später wurden Menschen in die damalige Sowjetunion deportiert. Ilenas Eltern waren nicht die einzigen, mit denen die Geschichte Schicksal spielte. Für gar viele wurde es bitterer Ernst. Aber es bleibt Emil und Tante Isolde nicht viel Zeit, um sich wirklich ein umfassendes Bild von dem Ort anzueignen, es ist nur ein Puzzleteil, den sie in die Hände bekommen und nicht zuordnen können. Dazu sind sie auch nicht da. Wenn sie wieder zuhause ist, dann will sie sich Zeit nehmen und nachlesen.

Für Emil ist es ein Abenteuer. Er spielt mit den Dorfkindern, dazu bedarf es nicht derselben Sprache. Manchmal verschwindet er, dann suchen ihn die anderen und finden ihn in einem Hinterhof. Er hat keine Angst vor der Fremde. Die Angst hat sich mit der Ankunft von Tante Isolde verflüchtigt. Einmal wurde er von einer alten Frau eingeladen, sie unterhielten sich angeregt und lachten. Die Frau hatte nur mehr einen Zahn in ihrem Mund. Emil ließ sich die Kekse schmecken. Um ihn brauchten sie sich keine Sorgen zu machen, er sorgte für sich selbst. Mit seiner Reise ist er ziemlich mitgewachsen.

Tomnatic ist ein weiterer Punkt auf der Landkarte der Helfenden. Sie halten vor einem größeren Anwesen. Sie werden wieder angebettelt. Von Vater und Sohn. Der Sohn hat viel zu große Schuhe an, die noch dazu abgenutzt sind. Tante

Isolde kramt in ihrem Schatz und wird fündig. Größe 35, Puma, passen wie angegossen. Der Junge zieht sie sogleich an. Für den Vater fällt nichts ab. In dem großen Anwesen leben ein Ehepaar mit einem schulpflichtigen Kind und die Großmutter. Sie sind fast zu Selbstversorgern geworden, notgedrungen. Die Frau war Direktorin gewesen und hatte sich geweigert, falsche Rechnungen für die Renovierung auszustellen, daraufhin wurde sie gekündigt. Ihr Mann arbeitet in einer Fabrik in einem Schichtdienst. Der Sohn geht in die Dorfschule. Da es an Geld für die Maschinen fehlt, bearbeiten sie den Boden Großteils mit ihren Händen, der Ertrag ist beträchtlich. Sie wollen ihnen Gemüse und Gewürze schenken. Ilena und die anderen bezahlen die Waren. Für beide Seiten ist die Situation nicht so angenehm. Es ist ein Abbild. Auch hier heißt es wieder Abschied zu nehmen, weiterzufahren übers unbekannte Land.

Straßenkinder in Timişoara – durch die Errichtung von Kinderheimen und durch das Auffangen durch soziale Einrichtungen ist die Anzahl der Straßenkinder merklich zurückgegangen. Doch es sind noch viele, die auf der Straße leben. Einige sind auch zurückgekehrt, sie haben die Sozialisation in den Heimen nicht geschafft, haben das Straßenleben dem Leben in den Häusern vorgezogen. Auch die Straßenkinder werden älter. Radu, ein Bekannter von Ilena, führt sie zu den Straßenkindern, er zeigt ihnen eine Bleibe, in der die Kinder zumindest ein Dach über dem Kopf haben. Es ist eine Blechhütte, unweit eines Hochhauses. Im Inneren läuft ein Rohr einer Fernleitung durch. Darauf steht eine Kerze. Drei Matratzen liegen auf dem Boden. Decken sind nicht zu sehen. Es gibt auch keine Isoliermatten, die die Kälte abhalten. Andere leben in der Kanalisation oder in Schächten, in Markthallen oder am Gare du Nord, dort, wo sie geduldet werden. Manche gehen am Abend, sofern sie Geld haben, in die Notschlafstelle, um ein warmes Essen zu bekommen und um sich duschen zu können. Ilena und die anderen haben Essbares und Wärmendes mitgebracht. Decken, Isoliermatten, Hosen, Schuhe, Kleidung, es ist Hilfe, die ankommt, doch wiederum nur symptomatische Hilfe. Radu hat die Straßenkinder ausfindig gemacht. Sie kommen hinter ihm her. Sie stellen sich an. Es gibt kein Gedränge. Vater und Tochter fallen Isolde sofort auf. Ihr bricht es das Herz. Noch nie war sie so nahe daran zu verzweifeln. Eigenmächtig gibt sie. Hosen und Decken, Schuhe und Proviant, für eine kleine Zeit kann es reichen. Nebenan sitzen die Menschen in den Cafés und Restaurants. Und sie sind mittendrin. Scheinbar fallen sie nicht auf. Hier in Timişoara hat man sich auch an das Elend gewöhnt. Bettelnde Menschen gehören zum Straßenbild. Immer wieder schnüffelt ein Mann an seinem Plastikbeutel. Immer wieder saugt er daran, fast mechanisch. Plötzlich schreit er auf. So lassen sich die Kälte und die Aussichtslosigkeit noch einigermaßen ertragen. Doch gleichzeitig gibt man sich der Zerstörung hin. Wiederum helfen Bertram, Karl und die anderen fast mechanisch, sogar zum Scherzen sind sie aufgelegt, wieso nicht, Schwermut würde doch nichts ändern. Die Straßenkinder und Jugendlichen nehmen so viel mit, wie sie tragen können, es ist genug da. Der Westen ist übervoll. Isolde will einen Blick erheischen, doch sie fährt ins Leere. Emil ist im Wagen sitzen geblieben. Er besieht sich die Szenerie durch die Scheibe. Isolde hat es ihm nicht erlaubt, auszusteigen. Eigentlich wollte sie gar nicht, dass er mitkommt, doch Emil hat sich nicht abschütteln lassen. Aufs Neue versucht sie, dem Mädchen in die Augen zu sehen, doch es gelingt ihr nicht, in ihr Inneres zu blicken. Die Herzen sind verschlossen, zu Recht. Viele von ihnen verströmen einen eigenartigen Geruch. Ist es der Todesgeruch? Isolde fasst sich ein Herz und umarmt das Mädchen. Es lacht. Isolde ist erleichtert. Ihr Vater reicht ihr die Hand. Auch andere Hände werden geschüttelt. Man verabschiedet sich. Sie steigen ein. Die Türen werden verschlossen. Man winkt sich noch zu. Isolde sagt, dass sie für die zwei Mädchen fasten will. Für das Zigeunermädchen in Tomnatic und für dieses Mädchen hier. Karl sagt: „Mutter Theresa ist an Bord."

Nun heißt es Abschied zu nehmen. Getrennte Wege zu gehen. Die Hände zum letzten Mal zu schütteln, sich zu umarmen. Tränen fließen.
„Ihr habt es schön", sagt Karl, „ihr macht wahrscheinlich jetzt noch Urlaub, aber wir, - jetzt wird es wieder ernst."
Isolde glaubt nicht recht zu hören. Ernst! Es war doch kein Honiglecken. Und doch, sie werden wieder zurückkehren in ihre sichere Heimat, in ihre Heimat, in der das allermeiste gerichtet ist,

in der die Sattheit wohnt, in der das soziale Netz noch funktioniert. Ilena will wieder nach Rumänien zurückkehren, sie will die Hilfe überdenken und ganz neu koordinieren, vielleicht mit einer anderen Organisation zusammenarbeiten.
Bertram grinst: „Evaluieren müssen wir."
Karl meint: „Bei einem Krügerl Ottakringer."
Und Hildegard hebt an und sagt: „Da bin ich dabei."
Wird man sich wiedersehen? Man hat die Telefonnummern ausgetauscht, die einen fahren mit dem VW-Bus nach Wien, die anderen fahren mit dem Auto. Doch wie so oft im Leben, man liegt daneben. Isoldes Telefon meldet sich. Sie hebt ab. Emils Mutter ist am Telefon.
Sie sagt zu Isolde: „Bist du noch in Temeswar?"
„Ja, sicher."
„Gut, ich habe schon gedacht, also wir machen eine Änderung. Wir treffen uns in Sulina am Schwarzen Meer. Da wolltest du doch schon immer hinfahren, oder?"
Isolde ist sprachlos. Sie ist der Antwort nicht mächtig.
„Familientreffen?"
„Ja, kann man so sagen, wir machen Urlaub. Übermorgen sind wir dort."

Isolde und Emil staunen nicht schlecht. Irgendwie ist sie aber nicht so überrascht, denn folgerichtig ist es ihr Ziel und auch das Ziel der Donau. Sie bittet Karl mit dem Audi nach Wien zurückzufahren und das Auto zu ihrem Freund zurückzubringen.

Während Isolde die neue Route zusammenstellt, nimmt Emil Kontakt zu seiner Mutter auf. Emils Sehnsucht nach seiner Mutter hat sich in den letzten Tagen so sehr verstärkt, Vater findet darin noch keine Erwähnung. Vielleicht sind es auch die Eindrücke, die ihn zu seiner Mutter hinziehen, - die elternlosen Kinder, die Kinder im Schatten. Er wählt die Nummer seiner Mutter und sagt leise „Hallo".

„Bist du es Emil?"

Magda ist froh, Emil zu hören, ihn vor ihrem geistigen Auge zu erkennen, es ist fast so, als stünde er vor ihr. Für den Moment muss es ihr genügen, es wird nicht mehr lange dauern, dann kann sie ihn wieder in ihre Arme schließen.

„Ja, ich bin es."

Wiederum sagt er es schüchtern leise.

„Wie geht es dir?"

„Gut."

„Sehr gesprächig bist du aber nicht. Ich habe dir viel zu erzählen. Deinem Vater geht es bereits wieder viel besser."
Emil kann es nicht glauben, will es nicht glauben. Zu sehr nagt die Vergangenheit an ihm, es verschlägt ihm die Sprache.
„Emil, bist du noch dran?"
Zweimal wiederholt Magda die Frage.
„Ja."
„Freust du Dich?"
„Ja, sicher."
Magda ist auch verunsichert, sie weiß um die Zerbrechlichkeit des Familienglückes und sagt dann noch:
„Wir sehen uns dann bald, Bussi, und gute Reise. Gib mir noch Tante Isolde, bitte."
Während Magda und Isolde noch Einzelheiten besprechen, lässt Emil die letzten aufregenden Tage im Zeitraffer ablaufen, um sich selbst ein Bild machen zu können.

Sie dürfen sich nicht entmutigen lassen, sagte der Arzt. Sie machen zwei Schritte nach vorne und einen zurück, das ist ganz normal. Doch bisher hatte Hermann alles unter seiner Kontrolle gehabt. Die Außenwelt hatte es anders wahrgenommen, sie sah ihn in Schieflage, doch für Hermann war seine Welt in Ordnung, nun brach es aus ihm heraus. Auf einmal weinte er wie ein Schlosshund, sein Elend übergoss ihn.

„Ich habe alles verloren", entfuhr es ihm. „Alles."

Der Arzt wartete ab und sagte dann: „Verlieren und finden ist ein langer Weg."

Hermann schaute ihn verdutzt an.

Der Arzt wiederholte: „Verlieren und finden ist ein langer Weg." Hermann schüttelte nur den Kopf und dachte in sich hinein. „Wer ist hier krank?"

Ich verschreibe ihnen ein mildes Antidepressivum, das wird es ihnen leichter machen. Hermann willigte widerspruchslos ein, er dachte an den Vertrag, den er unterschrieben hatte und an die entschlossene Miene, die seine Frau aufgesetzt hatte. Der Arzt ermunterte ihn, die Gruppentherapie fortzusetzen und schickte ihn zu einer Therapeutin, bei der er Entspannungstechniken lernen sollte. Wie ein kleines artiges Kind sagte er zu allem ja.

Hermanns Kräfte waren geschwunden, aber es war noch nicht an der Zeit sich zurückzuziehen, aus seinem Leben und dem, der ihn umgebenden Menschen. Dazu war er noch viel zu jung. Die Umstände hatten ihn gedrückt. Was hinderte ihn, sich wieder aufzurichten? Seinen Mann zu stellen. Verlieren war sein Gewinn. Diese Einsicht stellte sich nach und nach ein. Auf der Schattenseite war er nicht alleine, er war nicht der einzige, der im Sumpf herumwühlte. Das wurde ihm immer klarer. Manfred, Egon, Waltraud, ihnen ging es auch nicht besser, sie hatten nur andere Schicksale zu bewältigen. In der Therapiegruppe öffneten sie ihre Seelen, ihre verletzten, und mit jedem Öffnen sickerte ein Wundbalsam ein, der zwar weh tat und brannte, aber auch heilte. Das Öffnen war nötig. Gertrude hatte es besonders schlimm getroffen, sie hatte ihren Sohn verloren. Sie wusste nicht mehr ein noch aus. Nur mehr die Flasche war ein Trost. Wenn Gertrude sprach, dann war die Gruppe wie gebannt, dann wusste jeder, dass das eigene Schicksal doch viel erträglicher war. Die Arbeit hatten manche verloren, aber das Leben, das liebgewonnene Leben, war ihnen gelassen worden. So reifte auch in Hermann ein Plan heran, der ihm einen Ausweg wies. Obwohl er den Ausweg noch nicht kannte, gab ihm die Erkenntnis Hoffnung, Schritte in die richtige Richtung tun zu können. Vage war sie, mit dem musste er sich anfreunden, wackelig und uneben, so, als würde man die ersten Lebensschritte machen, aber er erinnerte sich an sein kleines Leben, als er die ersten Schritte gemacht hatte und hundertmal hingefallen war, das Aufstehen war stets eine Freude gewesen und keine Bürde. Mit Kinderaugen musste er es betrachten, dann würde es sich schon ergeben.

Gut gelaunt kam Hermann von der Therapie nach Hause. Magda, Grüner Tee und Gebäck erwarteten ihn. Es war ihr zu einem Ritual geworden. Sie sorgte vor, für sich, um zur Ruhe zu kommen. Sie ging zum Bäcker und kaufte Gebäck. Vorwiegend Salzgebäck. Dann saß sie da und goss den Tee auf, in aller Stille, Musik hätte sie zu sehr beunruhigt. Sie saß nur da und wartete, hob das Sieb aus der Teekanne und sah auf die Uhr, auf der sich die Zeiger nur zaghaft vorwärtsbewegten. Und dann endlich, Hermann kam wieder zurück, wohlbehalten und diesmal sogar bestens gelaunt.

„Was ist denn dir über die Leber gelaufen? Nun sag schon, du grinst wie ein Breitmaulfrosch."

Sie schenkt ihm eine Tasse Tee ein.

„Die Therapeutin hätte mich fast ausgeschlossen."

Magda glaubt, sich verhört zu haben.

„Und was ist daran so lustig?"

„Ich kann dir das auch nicht erklären, aber wie sie so gedehnt „einatmen" gesagt hat, da habe ich mich nicht mehr halten können.

„Einatmen und ausatmen", Hermann betont es so übertrieben, dass auch Magda lachen muss. Die Therapeutin hat gesagt, wenn ich mich nicht zu benehmen wüsste, dann würde sie mich nicht mehr an den Sitzungen teilnehmen lassen, aber ich habe mir nicht zu helfen gewusst, wenn sie dann wieder gesagt hat: „Einatmen!". Wiederum plustert sich Hermann wie ein Gockel auf. Magda prustet drauf los.

„Schau, dir geht es auch nicht anders."

Magda hat Tränen in den Augen, Glückstränen.

„Und?"

„Ich habe mich dann abgemeldet."

„Bekommst du nun Probleme?"

„Ach, sei doch nicht so verschreckt, ich weiß mich schon zu benehmen, aber die Therapeutin!"

Wiederum muss er lachen.

Magda lacht noch immer mit, in zufriedenem Einklang.

„Was hat der Arzt gesagt?"

Hermann muss schon wieder lachen.

„Das ist ja auch so ein komischer Vogel. Dauernd spricht er von Weg und Ziel und, … ich komm mir vor wie im Narrentempel und ich bin nicht einmal der größte Narr da drinnen."

„Unterschätz nur den Jungspund nicht, der weiß schon, wie er dich packen muss, glaubst du vielleicht, du würdest auf vernünftige Vorschläge horchen?"

„Wahrscheinlich hast du Recht."

„Ich bin auf jeden Fall froh, dass es dir wieder besser geht."

Sie meint es so, wie sie ihn sieht, nicht durch eine Brille, die verzerrt, dazu hat sie schon zu viel an Enttäuschungen hinnehmen müssen, sie sieht ihn durch die Erwartung der Zeit, in der die Hoffnung ihren festen Platz innehat.

Hermann macht sich noch auf. Er geht zum Inn. Es ist ihm zur täglichen Routine geworden. Magda deutet es als gutes Omen.

Als Magda das Familienalbum durchblättert, ist es ihr, als lege sich ein Arm um sie, ein leichter, und eine Stimme flüstert ihr zu: „Das Glück ist nicht so fern." Nah sind ihr die Bilder, die verblichenen Fotos. Hermann und Emil, wie sie aus dem dunklen Wasser des vorderen Langbathsees auftauchen. Hermann und Emil posierend vor dem imposanten 14m hohen Gipfelkreuz des Brunnkogels. Sie, Magda, sitzend auf dem Gepäckträger des Fahrrades, die Beine baumeln lassend, vorne Hermann in die Pedale tretend. Hermann vor der Schießbude, zielend auf eine Plastikrose. Sie als Paar vor dem Standesamt in jugendlicher Unschuld. Sie mit Bauch und verlorener Unschuld vor dem Pfarrer. Emil in der Wiege, sein Bruder Max als „Taferlklassler" mit der zu großen Schultasche, erster gemeinsamer Urlaub am Meer. Es ist diese familiäre Zeit- und Weggeschichte, die sie wie eine wohlige rosa Watte umgibt und sie einhüllt. Sie ist nun nicht mehr alleine mit der Erinnerung. Die Bilder stehen ihr bei, die Geschichte ist ihr hilfreich. Keine Unruhe legt sich über diese Abbildungen, sie würde es auch nicht zulassen, es ist das reine Glück, das sich ihr zeigt und genau dieses ist es, das ihr Mut macht, das reine Glück, das durch diese Bilder hindurchleuchtet.

Da hat sie diese verrückte Idee. Die Idee, die sie nicht mehr loslassen wird. Die Idee, die sie schließlich allen unmittelbar Betroffenen schmackhaft machen wird, ob die wollen oder nicht. Egal, dass sie sie sogleich verwirft und Minuten später wieder aufgreift, es sie sogar noch mehr bestärkt, sie auszuführen, sie sogar sosehr davon überzeugt, dass sie die aufdringlichen Einwände ihres Ichs überhört und ihr Überich walten lässt. Ihr Überich, das in diesem Fall weder sachlich noch bedacht ist, sondern einzig und allein konsequent. Konsequent den Fotos gegenüber, die auf ihrem Schoß ruhen und die Vergangenheit auferweckt haben. Sie klappt das Fotoalbum zu, schließt die Haustüre ab und begibt sich ins nächstgelegene Reisebüro.

Es sind doch immer wieder diese Ideen, die die Menschen und folglich die Welt verändern, diese Ideen, die in keine Kategorie einzuordnen sind und folglich auch in keinem Geschichtsbuch und Schulbuch zu finden sind, und doch existieren sie und verändern die Welt auf eine Weise, die im Reich der leisen Töne anzusiedeln ist.

Er schiebt sich nahe an sie heran. Sie schiebt sich nahe an ihn heran. Sie legt ihr rechtes Bein über seine Hüfte und nimmt ihn auf. Er umschlingt sie mit seinem langen Arm und da passiert es bereits, er ergießt sich ihn ihr.
„Entschuldige, bin nicht in Übung."
„Ist doch egal, eigentlich wollte ich mit dir überhaupt nicht mehr schlafen."
„Sei doch nicht so nachtragend."
Nachtragend, sie schiebt ihn beiseite, steht auf und kommt lächelnd zurück, die rechte Hand fächelt mit zwei Tickets.
„Was hast du da?"
„Was glaubst du, ist das?"
„Weiß nicht, du wirst es mir schon sagen."
„Eine Reise für zwei."
Nach einer kleinen Atempause
„Für uns."
Unglaublich schüttelt er den Kopf.
„Wieso sollen wir verreisen, wenn Emil nun zurückkommt?"

„Es ist nun mal so. Isolde und Emil sind ans Schwarze Meer gefahren, sie machen dort Urlaub und da habe ich mir gedacht, wir könnten sie treffen."

„Machst du dich nun auch noch über mich lustig?"

„Nein, nein, ist ganz ernst gemeint. Wir haben doch Zeit, und Geld haben wir auch angespart, außerdem ist das Geld sowieso nichts mehr wert."

„Schwarzes Meer, das habt ihr euch fein ausgedacht. Ganz blöd bin ich nicht."

„Hermann, was hat der Arzt zu dir gesagt?"

„Der Arzt hat eine Menge gesagt."

„Verlieren und finden ist ein Weg, darum machen wir uns jetzt auf den Weg, damit du das Verlorene wiederfindest."

Abermals schüttelt er sich ungläubig.

„Jetzt bin ich mit dir schon so lange verheiratet und du überraschst mich immer wieder."

In langsamem Tempo spricht er den Satz, betont Silbe um Silbe, als gelte es, das Versprechen zu konservieren, das Versprechen, das seine Frau eingelöst hat.

Hermanns neue Kraft wirkt sich positiv aus. Er surft im Netz. „Schwarzes Meer", „Donaudelta", „Leuchtturm von Sulina", gibt er ein. Eine bislang unbekannte Welt öffnet sich. Nur für ihn, in diesem Moment. Es ist ihm, als sei sie nur für ihn da. Besonders begeistern kann er sich für die Clips. Er beschließt, falls sie da hinkämen, auch einen zu drehen und ins Netz zu stellen. Auffrischen will er alte liegengelassene Hobbys, wie das Fotografieren. Was ihm zu schaffen macht, ist die Vielzahl an Möglichkeiten. Er kann sich für kein Angebot entscheiden, es macht ihn sehr unruhig. Magda merkt es und bietet ihm Hilfestellung an, doch er will unbedingt die Pension auswählen, in der sie sich treffen sollen. Mehr aus innerem Drang als aus Überzeugung, wählt er eine Pension aus, die in Sulina liegt. Er ist erstaunt, wie rasch das geht. Minuten später trifft sogleich die Bestätigung ein. Da er auch schon im Netz ist, bucht er auch noch den Flug Wien – Bukarest. Zum Leidwesen von Magda – einen nicht allzu günstigen, aber sie korrigiert ihn nicht, es ist sein Gewinn, dem sie ihm nicht streitig machen will. Aber je mehr er im Netz herumsurft, die Welt erkundet, desto unruhiger wird er, die Vielzahl an Auswahl bringt sein wirres Hirngeflecht noch mehr durcheinander, als ihm gut tut. So unterlässt er es auch wieder. Er freut sich auf die Zukunft, die verlässlich herannaht.

In dieser Zeit ist sogar ihr älterer Sohn näher herangerückt. Es ist nicht so sehr an ihm gelegen, sondern an seiner Freundin, an der Sonja. Die wollte seine Eltern kennenlernen. Sie sagt: „Ich muss deine Eltern kennenlernen, um zu wissen wie ich dran bin."
Er sagt: „Dann bleibst du sicher nicht bei mir."
„Ist es so schlimm?"
„Mein Vater hat gerade eine Krise."
Doch Sonja lässt sich nicht abbringen. Er hat sie bei einem Spaziergang am Inn kennengelernt, gerade, als er einige Brotkrümel hin zu den Schwänen geworfen hat, ist sie dagestanden, wie aus heiterem Himmel. Es war so ganz altmodisch, er war sich da gleich ganz sicher, dieser Blick, als gelte er nur ihm. Mit der zunehmenden Gesundung seines Vaters und seiner Familie ist auch durch ihn ein erstaunlicher Ruck gegangen, von einem Tag auf den anderen hat er die WG verlassen, hat sich ein Zimmer gesucht, hat sich auch wieder in der Arbeit engagiert, sogar

einen Englischauffrischungskurs am BFI hat er besucht und der Natur hat er sich anvertraut, wie der Emil, sein kleiner Bruder. So sind sie zu ihm nach Hause gegangen. Die Eltern haben nicht schlecht gestaunt, wie er mit seiner Freundin aufgetaucht ist. Ganz förmlich hat er sie vorgestellt.

„Das ist die Sonja A. aus Suben", hat er gesagt.

Dabei hat er seinen Arm um sie gelegt. Hermann hat zum Erstaunen seiner Frau keine einzige blöde Bemerkung fallen lassen, sosehr hat es ihn berührt. Bei Kaffee und Kuchen sind sie dann beisammen gesessen, haben sich ganz gut unterhalten, anfangs stockend, aber mit der Zeit die Scheu ablegend, ausgelassener. Hermann hat von alten Zeiten gesprochen und Sonja von der bevorstehenden Matura. Von ihrer Familie und von ihren Geschwistern. Emils Odyssee haben sie nicht erwähnt, um nicht ein schiefes Licht auf ihn zu werfen. Sonja hat auch von ihrem kleinen Bruder erzählt, der einmal Schiffskapitän werden will, da haben sie gelacht, wie schon lange nicht mehr. Wie rasch die Zeit verging, zeigte sich daran, dass das Dämmerlicht fast unbemerkt einfiel und zum Aufbruch rief.

„Kommt bald wieder", sagten Hermann und Magda einmütig.

Nun sitzen sie im Flugzeug, bequem nennen sie es nicht, doch angesichts der kurzen Flugzeit ist es ihnen egal. Sie sehen hinaus in die Luftmassen und sehen die unendliche Weite. Weder betätigen sie Knöpfe noch bearbeiten sie eine Tastatur, sie sitzen nur da und starren ins weite All, das sich wie eine monströse Masse an ihnen vorbeischiebt. Hermann ist nicht wohl, nun, da er wieder halbwegs Platz im Leben gefunden hat, mag er es gar nicht, sich der Technik auszuliefern, die, falls sie einmal versagt, höchstwahrscheinlich zum menschlichen Ende führt. Entspannt sein fühlt sich anders an, so trinkt und isst er unentwegt.

„Wenn du so weitermachst, kommst du um zwei Kilo schwerer an", grinst Magda.

Die Freundin seines Sohnes hat ihm extra ein Fläschchen mit Bachblütentropfen gemischt, die sollten seine Flugangst hemmen, doch so etwas wie Ruhe will und will sich nicht einstellen.

Er sagt: „Ist schon unheimlich, wie ruhig der Vogel fliegt."

Magda sagt: „Finde ich auch."

Hermann ergänzt: „Hoffentlich kommen wir nicht in Turbulenzen." Magda sagt: „Glaube ich nicht, man hat stabiles Wetter vorausgesagt."
Hermann weiter: „Die irren sich aber oft."
Magda: „Diesmal nicht."
Hermanns Angst bleibt: „Ich weiß nicht, irgendwie, ... hörst du`s nicht auch."
Magda: „Ich höre gar nichts, ist wie immer."
„Und wenn ein Triebwerk ausfällt?"
„Dann haben wir noch ein zweites."
„Und wenn ..."
Magda unterbricht ihn jäh.
„Hermann, da hilft nur eines", sie gibt ihm einen Kuss, einen langen. Hermann sieht sie so an, als sitze neben ihm eine Außerirdische. Magda küsst ihn abermals.
„Geht doch noch", sagt sie.
Hermann ist sprachlos. Wie um alles in der Welt hat er das nur verdient.
„Du wirst schon wieder, magst noch einen Kuss?"
„Aber diesmal einen richtigen."
Lange halten sie es aus, ehe sie sich wieder voneinander lösen. Da schaukelt das Flugzeug, um sich alsbald wieder einzurenken.
„Da hast du`s", sagt Hermann."

„Vertrauen ist alles", sagt Magda.
Die Stewardess fragt sie, ob alles in Ordnung sei, sie sind zufrieden, genießen das spontan einsetzende Himmelsblau.
„Mir ist ein komischer Gedanke gekommen", sagt Hermann.
„Und der wäre?"
„Ich glaube, Emil hat mir das Leben gerettet."
Magda möchte etwas erwidern, lässt es aber bleiben, stattdessen sagt sie: „Ich glaube, er hat uns das Leben gerettet."
Etwas später landen sie. Unsanft setzt die Boeing auf. Hermann fühlt sich in seinem Argwohn bestätigt und ist froh, wieder festen Boden unter den Füßen zu spüren, ganz wohl ist ihm in seiner neuen Haut noch nicht.

4. Teil

Neues Land und ...

Tulcea ist ihr festgemachtes Ziel. Emil hat die Reise verschlafen. Es ist Isolde ein Rätsel. Sie haben sich keine Zeit genommen, Sehenswürdigkeiten zu erkunden, weder in Bukarest noch an einem anderen Ort, an dem es sich lohnte zu bleiben. Zu sehr sind so noch eingenommen von den Eindrücken, die sie bei der Verteilung der Hilfsgüter erlebt haben. In stillem Einvernehmen sitzen sie im Bus. Häufig ist es so, dass nur noch Schweigen hilft. Später, wenn man sich von den Lasten befreit hat, kann man unbeschwerter darüber sprechen. Sie geben sich nur ihren Bedürfnissen hin, die da sind: schlafen, essen und trinken. Den Busbahnhof von Bukarest lernen sie kennen. So neu ist Isolde das nicht. Die Bahnhöfe, Busbahnhöfe ähneln sich, haben ihr eigenes müdes und doch geschäftiges Flair, ein Paradoxon, das zur Orientierung gebraucht wird. Isolde kommt mit deutschen Touristen ins Gespräch, auch deren Ziel ist das Delta. Sie bekommt Ratschläge, wo es besonders schön und auch preiswert sei. So sehr hat sich Isolde gewünscht, einmal in ihrem Leben ans Schwarze Meer zu reisen, doch nun sind es die Umstände, die es ihr verleiden.

„Familientreffen am Schwarzen Meer", meint sie lakonisch zu einem schon etwas älteren Herrn aus Hamburg.

„Ist doch nett, einmal was anderes", darauf jener.

Isolde weiß nicht so recht, wie er es meint. Sie schmunzelt dazu. Aber der stämmige Herr aus Hamburg macht ihr diese einzigartige Welt schmackhaft, bringt ihr die unbeschreibliche Fauna nahe, schwärmt von den Pelikankolonien und den zahlreichen Zugvögeln, die sich im Delta niederlassen. Berichtet ihr von den 300 Vogelarten, die nachweislich im Delta bestimmt wurden. Informiert sie darüber, dass 74 Arten davon von außerhalb des europäischen Kontinents kommen und das Delta als Durchzugsgebiet auserkoren haben. Sie ist nicht gerade eine Vogelnärrin oder Naturliebhaberin, aber die Sehnsucht hat sie stets hinausgetragen, hin zum Schwarzen Meer. Martin, so heißt der Mann, lässt nicht locker. Er zeigt ihr seine Kamera und erklärt die Vorzüge des Teleobjektivs.

„Jeder hat so seine Vorlieben", ergänzt er, um ihr nunmehr eine ausführliche naturkundliche Erläuterung hinterherzuschicken. Isolde ist geistig nur halb anwesend, Emil hängt an ihr wie ein nasser, schwerer, ausgelaugter Sack und geradeso hört sie den Ausführungen des liebenswerten Mannes zu. So kreuzen sich noch manche Wege, die von anderen Menschen gezogen werden, ihr ist so gar nicht danach zumute, sie ist vollends damit beschäftigt, sich um Emil zu kümmern. Mehr träumend als reisend erreichen sie schließlich Tulcea, das Tor zum Schwarzen Meer. Drei Mündungsarme leiten von hier die Donau ins Schwarze Meer hinaus. Isolde und Emil erkunden ein Ausflugsschiff, das sie über den Sulina-Arm zum Städtchen Sulina bringen wird. Emils Vater hat bereits vorgesorgt, er hat in Sulina zwei Doppelzimmer in einer Pension gebucht, die direkt am Schwarzen Meer liegt. Nun, in Tulcea, erwachen wiederum ihre Kräfte. Die lange Busreise hatte sie eingelullt, hatte sie nochmals so richtig zusammengeschweißt, ein allerletztes Mal, bevor sie wieder getrennt würden. Sosehr hatten sie sich aneinander gewöhnt, für Isolde war es schon fast ein Zuviel an Zuneigung, seitens ihres Neffen, gewesen. Die Eltern vermisste Emil doch sehr, obwohl er es nie erwähnte, Isolde spürte es, wenn sie ihm übers Haar strich. Wie ein kleines Kind war er während der Busfahrt in ihrem Schoß gelegen und wenn er erwachte, sah er fragend zu ihr auf.

In Tulcea, als sie auf der Uferpromenade Ausschau nach einem Ausflugsschiff hielten, sagte er erstmals: Nun werden wir bald unsere Eltern treffen. Mehr als ein „Ja" fiel Isolde dazu nicht ein. Emil würde gerne länger in Tulcea bleiben. Die neuartige Kulisse hat es Emil angetan. Hafen und Schiffswerft hätte er liebend gerne mehr Zeit gewidmet, doch die Tante vertröstet ihn auf später.
„Wir haben noch genug Zeit, wir bleiben noch länger hier, auch nach Tulcea kehren wir zurück", sagt sie, ohne dabei seine Eltern zu erwähnen, die sie in kürzester Zeit treffen werden.
Sie hat Angst, dass Emil noch einmal einen Unsinn macht, Reißaus nimmt oder eine Kurzschlusshandlung setzt, sie ist sich nicht sicher, was in ihm vorgeht. Sie hat zwar ausgiebig und eindringlich mit ihm gesprochen, doch sie weiß nicht, wie weit ihre Argumente sein kindliches Gemüt und seine Emotionen erreicht haben.

Die Angst verschwindet mit dem Nahen des Meeres, mit der endgültigen Gewissheit, das sich auch die Donau ausschwemmt und Emil sagt in dem Moment, als ein Silberreiher aus dem Schilf auffliegt: Ich freue mich schon, wenn ich meine Eltern wiedersehe. Isolde ist erleichtert. Eine Riesenlast fällt ab, nun ist endlich auch sie befreit, frei, dieses einmalige Naturwunder zu genießen, sich dieser Einzigartigkeit hinzugeben. Mehrere Passagiere halten ihre Fotoapparate über die Reling hinaus, Pelikane, Kormorane, Flamingos, allerlei Enten und Schwäne, deren Namen sie nicht kennt, Stelzenläufer, Greifvögel, Hühner, Möwen, Wasserläufer und viele mehr belohnen ihre Geduld. Sie tuckern durch die wilde Landschaft, durchpflügen die Auen, die sich zart einbiegen, hier kann die Donau sich noch nach Lust und Laune entfalten. Kein Tag gleicht dem anderen, keine Stunde ist eine Wiederholung der vorigen. Das Schilf steht wie ein Wächter, die Vögel trommeln ihr Konzert. Für Emil ist die Flora und Fauna hier tausendmal reichhaltiger als zuhause am Inn. Doch ihm fallen nicht so sehr die Naturwunder auf, als vielmehr die Realitäten, die sich einstellen. Die verrotteten Schiffswracks, die auf Grund gelaufen sind, die Schwimmbagger, die tonnenweise Kies abtragen und so die Verkehrswege freihalten, die Menschen, die mit Ochs und Karren eine ungekannte Zeit heraufbeschwören, die verfallenen Industrieanlagen und damit einhergehend die Abwanderung der Menschen.

Nach fünf Stunden Fahrzeit erreichen sie Sulina. Ein Schnellboot überholt sie noch kurzerhand. Dieser Ort ist die Endstation für die Donau, der O-Punkt, der draußen am „Neuen Leuchtturm" festgelegt wurde. Hier soll ihr familiärer Neustart erfolgen. An ihrem O-Punkt. Tante Isolde findet, dass ihr Schwager den Platz für ihr Wiedersehen gut gewählt hat. Sie findet Gefallen an dem einnehmenden Städtchen. Sie sieht es durch die Touristenbrille, sie ist in Urlaubsstimmung, blendet den Bewohneralltag aus, sieht nur die malerischen Flecken, so, als wären sie eigens für sie geschaffen und ausstaffiert worden. Wie sehr man sich doch selbst überlisten kann. Sie wollen die Pension noch nicht aufsuchen, nach Abkühlung ist ihnen zumute. So torkeln die die Uferpromenade entlang, lachen ihre Laune hinaus. Emil hat sich bei Tante untergehakt. Die vielen Schiffe bilden die

Kulisse. Emil ist wie aufgezogen, mal deutet er auf ein Schiff, mal auf ein Haus, das in Rot gehalten und nicht zu übersehen ist. Sogar auf Leute zeigt er. Isolde untersagt es ihm. Fast zeitlos zumute ist ihnen. Isolde zieht es hin zur Kathedrale, die auf sie einladend wirkt. Emil dagegen will geradewegs zum Sandstrand, will den Sand zwischen seinen Zehen durchrieseln lassen. Isolde gibt nach. Immer wieder werden ihnen Bootsfahrten und auch Quartiere angeboten und auch angepriesen, dankend und bestimmt höflich lehnen sie ab, zuerst einmal wollen sie ihr erstes Ziel ansteuern. Etwas später schwimmen sie bereits im Meer, zwischen all den anderen, die dieses rare Plätzchen auserkoren haben. Gelohnt hat es sich, finden sie, in stillem Übereinkommen. Sie planschen wie zwei unbedarfte Kinder, bespritzen einander, tauchen ab bis auf den Grund und liegen wenig später im Sand auf dem Rücken, wie zwei Schildkröten, die fest daran glauben, dass jemand kommt, der sie umdreht. So geht es eine Zeitlang sorglos dahin, nur die Sonne zeigt sich unbarmherzig. Doch wie immer wechseln sich Kür und Pflicht ab. Sie müssen die Pension aufsuchen. Es ist ihnen gar nicht aufgefallen, dass sich der Strand mittlerweile gefüllt hat. Unweit davon hält sie erneut eine Sehenswürdigkeit auf, der alte Leuchtturm von Sulina, der 1802 errichtet wurde und nun zu einem Museum umgemodelt wurde. Eine ca. 60jährige Frau lädt sie ein, sich über die Geschichte Sulinas zu informieren. Während Isolde sich mit der Museumswärterin auf Englisch unterhält, sieht sich Emil im Museum um, betrachtet alte Bilder und hantiert an einem Postkartenständer herum, dreht ihn ein paarmal um die eigene Achse.

„Na Emil, was hältst du von dieser Postkarte?"
Emil stöbert weiter, tut so, als ob er die Worte seines Vaters nicht gehört hätte.
„Nimm die, ich bezahle sie!"
Er drückt ihm eine Ansichtskarte, auf der eine Pelikankolonie abgelichtet ist, in die Hand. Emil greift zu.
„Ja, die nehme ich", sagt er.
Gemeinsam gehen sie zur Kassa. Vater bezahlt. Mutter läuft herzu, herzt und drückt Emil so fest, dass ihm fast der Atem stockt.
„Hast dich fast nicht verändert. Bist ein bisschen gewachsen."

Emil ist versunken in Mutters Freude, kein Wort kommt ihm von den Lippen. Auch Tante Isolde begrüßt sie beide, förmlich reicht sie ihre Hand.

„Ist doch ein schönes Plätzchen hier", sagt sie.
Vater nimmt Emil zu sich und führt ihn hinaus.
„Wir Männer machen eine Bootsfahrt."
Flugs sind sie verschwunden, wie die Vogelscharen. Sie besteigen einen Kahn. Hermann lenkt den Kahn. Sacht gleiten die Ruder in den schwarzgrünen Fluss. Lautlos sind Vater und Sohn unterwegs. Laut ist es ringsumher und geschäftig und emsig, sie sind unter sich. Monoton gleichmäßig legen sich die Ruder neben das Boot, minutenlang kein Wort. Als sie den Schilfteppich erreichen und Vater aufhört zu rudern, legt sich Emil langsam an Vaters Schulter. Über ihnen ein Reiher, obenauf der klare Himmel.

„Ich habe wieder Arbeit gefunden", sagt sein Vater.

„Da bin ich aber froh", sagt Emil.
Ein Ausflugsschiff ist voll bepackt mit ausgelassenen Menschen. Emil sieht hinaus zum O-Punkt, von dem aus die Donau 2860 km rückwärts gezählt wird. Leise schmunzelnd sagt er: „Für mich bleibst du für immer der Inn."

Was noch erwähnt werden sollte:

Isolde hat sich von Franz getrennt. Sie hat eine Organisation gegründet, die sich besonders um Straßenkinder in Bulgarien annimmt.

Franz lebt mit einer um 20 Jahren jüngeren Studentin zusammen.

Olga ist in die Ukraine zurückgekehrt und hat geheiratet, ist stolze Mutter eines Sohnes.

Alfons arbeitet nach wie vor als Cliniclown.

Erwin fährt noch immer mit den LKWs quer durch Europa. Er arbeitet auch für die Organisation von Isolde. Es wird gemunkelt, dass sich die beiden sehr gut verstünden.

Biografie:

Christian Wiesinger, geboren 1961,
verheiratet, 4 Kinder, lebt in St. Willibald, OÖ.
Beruf: Leiter für Jeux Dramatiques, Autor.
Arbeitsfeld: Schulen und Erwachsenenbildung

Veröffentlichungen
Gedichtband ‚Widersprüchlichkeiten'
(Edition Innsalz) 2009
Roman "Der Freund" (Arovell-Verlag) 2012
Literaturzeitschriften (Die Rampe)

Auftragsarbeiten
Textgestaltung zu Schubertliedern
Libretto – Die Rückkehr des Apostel Paulus -
Die Oper wurde am 13. März 2010 in Ried im
Innkreis uraufgeführt.

Initiator und Ausführender der
„Literarischen Radtour" im Sauwald (OÖ.)

AROVELL-BÜCHER-AUSWAHL

Ewald Broksch, Mr. Rocker Mouse
Roman. 155 Seiten
ISBN 9783902808240 Buchnummer e824.

Dietmar Füssel, Götter und ihre Fans
Erzählungen. 167 Seiten
ISBN 9783902808233. Buchnummer e823.

Markus Hittmeir, Bessarius und Molle
Prosa 137 Seiten
ISBN 9783902808141 Buchnummer e814

Silvia Hlavin, Sein Rosenturm
Roman 258 Seiten
ISBN 9783902808264 Buchnummer e826

Fritz Huber, HerbstInfarkt
Gedichte 150 Seiten
ISBN 9783902808103 Buchnummer e810

Christoph Janacs, Der Duft der Dichtung
Schriften zu Literatur und Biographie 200 Seiten
ISBN 9783902808172 Buchnummer e817

Wolfgang Kauer, Geheimnisvoll gewinnbringend
Satiren 205 Seiten
ISBN 9783902808134 Buchnummer e81

AROVELL-BÜCHER-AUSWAHL

Mathias Klammer, Nicht hier, nicht jetzt
Erzählungen 158 Seiten
ISBN 9783902808189 Buchnummer e818

Hermann Knapp, Liebe in Zeiten der Prostata
Geschichten 215 Seiten
ISBN 9783902808127 Buchnummer e812

Peter Miniböck, Die Eigenart der Ereignisse
Prosa 175 Seiten
ISBN 9783902808196 Buchnummer e819

Clemens Ottawa, Sie dürfen sich nun entfernen
Erzählungen 270 Seiten
ISBN 9783902808226 Buchnummer e822

Elisabeth Paumann, Die Frau des Rächers
Roman 320 Seiten
ISBN 9783902808202 Buchnummer e820

Fritz Popp, Unarten-Vielfalt
Satiren 150 Seiten
ISBN 9783902808165 Buchnummer e816

Wolfgang Rachbauer, Der Stummfilmbegleiter
Roman 240 Seiten
ISBN 9783902808257 Buchnummer e825

AROVELL-BÜCHER-AUSWAHL

Peter Reutterer, Auf den Punkt
Gedichte mit Geschichten 120 Seiten
ISBN 9783902808158 Buchnummer e815

Thomas Soxberger, Unter Freunden
Eine kleine Wiener Komödie 255 Seiten
ISBN 9783902808288 Buchnummer e828

Reinhold Tauber, Unterwegs
Über das Reisen 330 Seiten
Prosa - ISBN 9783902808271 Buchnummer e827

Regina Wallner, Tochter der Vertriebenen
Autobiografie 250 Seiten
ISBN 9783902808110 Buchnummer e811

Christian Wiesinger, Der Freund
Roman 180 Seiten
ISBN 9783902808219 Buchnummer e821

Paul Gamsjäger (HG:), Wilderer-Jäger-Wilderer
Erzählungen, 190 Seiten
ISBN978902808080 Buchnummer d808

Christian Wiesinger, Neues Land
Roman. ISBN 9783902808554 Buchnummer g855
arovell verlag gosau salzburg wien 2014
www.arovell.at © arovell verlag